한국 희곡 명작선 29

루시드 드림 | Lucid Dream

한국 희곡 명작선 29

루시드 드림

Lucid Dream

차근호

최근호

루시드 드림

루시드 드림 : 자각몽(自覺夢). 꿈을 꾸면서 자신이 꿈을 꾸고 있다는 사실을 자각하는 현상.

등장인물

최현석 / 이동원 / 마담 / 강 박사 / 목사 / 검사 / 미망인 / 사무장 / 교도관 / 웨이터 / 기자 1, 2, 3, 4
– 그 외 거리의 행인들. 주요 인물이 아니라면 일인 다역도 무방하다.

장소

무대의 중앙에는 생각의 방이 있다. 철제 책상과 철제 의자, 철제 캐비닛. 금속으로 만들어진 가구들이 차가운 분위기를 만들어낸다. 방의 뒷벽에는 문이 하나 있다. 이곳은 최현석의 내면을 보여주는 머릿속 공간이다.

생각의 방, 오른쪽에는 변호사 접견실이 있다. 책상과 그것을 마주 보고 놓여 있는 두 개의 의자. 쇠창살이 쳐져 있는 작은 창문이 있다. 이곳은 최현석의 현재 시점의 사건이 진행되는 곳이다.

생각의 방, 왼쪽에는 침실이 있다. 침대와 서랍장, 옷걸이 등이 있다. 일상적인 침실의 모습이다. 이곳은 최현석의 과거 기억과 현실이 혼재된 공간이다.

변호사 접견실과 침실, 그 사이의 공간은 극의 진행에 따라 거리, 복도, 술집, 변호사 사무실, 공원 벤치 등 다양한 장소로 활용된다.

무대는 전체적으로 가운데에 위치한 생각의 방을 중심으로 부채꼴처럼 공간들이 펼쳐져 있는 모습이다. 공간들은 분리되어 있지 않고 하나의 공간처럼 연결되어 있다. 이 공간들은 각기 현실, 상상, 과거의 재현, 생각 등 특성에 따라 나누어져 있지만, 극이 진행되면서 어느 순간부터는 그 경계가 허물어지기 시작한다. 등장인물들의 이동은 현실성에 얽매이지 않고 의식의 흐름을 따라가듯 자연스러워야 한다.

프롤로그

생각의 방, 철제 책상에 앉아있는 최현석의 모습이 보인다. 그는 깊은 생각에 잠겨 있다. 생각의 방으로 미망인이 들어온다. 최현석의 독백은 소설의 한 구절을 읽는 것처럼 건조하다.

미망인   그이랑 친하셨나요? 전에는 뵌 적이 없는 것 같아서. 아니라고 해도 이상할 건 없어요. 오히려 그이한테 친구가 있다는 게 이상하죠. 그인 자기 일밖에는 모르는 사람이었어요. 정말. 타고난 변호사였죠. (사이) 아뇨, 불편하게 해 드릴 생각은 없어요. 그이가 남긴 유품을 전해 드리러 왔을 뿐이에요.

최현석   이주일 전, 김 선배의 부음을 들었다. 특별한 감정의 기복은 없었다. 평상시와 마찬가지로 의뢰인들을 만났고, 법정에서 변호를 했고, 집에 돌아와선 알맞게 시원해진 맥주를 마셨다. 엄격히 김 선배를 모른다고 해도 이상할 건 없었다. 김 선배와는 대학 선후배라는 관계를 제외하면 어떤 유대감도 없었다. 개인적인 교류나 사건에 관계된 송사로도 만날 기회가 없었다. 김 선배의 얼굴도 제대로 떠올릴 수 없었던 내게 그와의 아련한 인연을 떠올리게 한 것은 갑작스러운 미망인의 방문이었다. 김 선배가 죽은 후 일주일쯤 지나 선배의 아내가 찾아왔다.

미망인, 한 권의 책을 철제 책상에 올려놓는다. 최현석, 책을 펼쳐본다.

최현석 여자가 건넨 건 얇은 모조지로 싸여 있는 책이었다. 표지를 넘기자 '죄와 벌'이란 제목이 보였다. 아래쪽에 '김선규 선배님의 졸업을 진심으로 축하드립니다. 최현석 드림.', 이렇게 씌여진 인사말이 보였다. 그때서야 이 책의 정체가 뚜렷이 기억 속에 되살아났다. 내가 다녔던 법대에서는 졸업을 하는 선배에게 작게나마 선물을 하는 관례가 있었다. 나도 다른 친구들처럼 선배를 한 명 골라 선물을 했었다. 그 사람이 김 선배였다. 하지만 왜 굳이 김 선배를 선택했는지는 지금으로서는 알 수가 없다.

미망인 참, 이상해요. 법전밖에는 모르던 사람이 언제부터인지 그 책을 옆에 끼고 살았거든요. 나도 몰랐어요. 그이가 그렇게 도스토예프스키를 좋아하는지…. 태우시든 버리시든 그건 마음대로 하세요. 죽은 사람 물건 간직한다는 게 유쾌한 일은 아닐 테니까요. (나가려다가 멈추고) 아뇨! 난 도스토예프스키도 그 사람이 쓴 소설도 싫어해요.

미망인, 생각의 방을 나간다.

최현석 죄와 벌. 이 책은 십여 년의 시간이 지나 나를 찾아왔다. 나는 이 책을 읽어본 적이 없다. 왜 하필 이 책이었을까? 김 선배와의 막연한 관계가 지금 와서 복원될 리 없는 것처럼, 내가 이 책을 고른 이유도 지금으로서는 막연한 과거일 뿐이다. 아마도 서점에서 가장 잘 보이는 곳에 꽂혀 있었을 것이다. 내키는 대로 책을 뽑아 계산을 하고, 적당히 포장을 해서 김 선배에게 주었을 것이다. 어쨌든 나와는 묘한 인연을 갖고 있는 책인 것은 분명했다. 김 선배의 아내가 돌아가고 며칠이 지나 나는 김 선배가 돌려보낸 책에서 그가 남긴 묘한 암호와 조우했다.

검사, 생각의 방으로 들어온다. 그는 냉소적인 웃음을 머금은 채 어딘가 비아냥거리는 투로 입을 연다.

검사 동정 없는 이성적 판단. 그게 선배님 메리트 아닙니까? 전 도무지 이해가 안 돼요. 왜 선배님이 이런 일에 끼어들려는지 말이죠. 선배님, 이거 이혼 소송 아닙니다. 우리는 지금 이 나라 사법역사상 진무후무한 연쇄실인을 다루려고 하는 겁니다.

최현석 김 선배의 암호는 무척 흥미로운 것이었다. 죄와 벌의 주인공은 라스콜리니코프라는 남자였다. 그런데 책의 종반으로 넘어가면서 라스콜리니코프라는 이름은 모두 붉은색으로 지워져 있었고, 거기에는 이동원이라는 이름이 주인공을 대신했다. '라스콜리니코프는 그것을 알자 언짢아졌다' 는 '이동원은 그것을 알자 언짢아졌다' 는 식으로 바뀌어 있었다. 라스콜리니코프를 대신하고 있는 이동원이 누구인가를 알게 되는 데는 그다지 많은 시간이 필요하지 않았다.

검사   정확히 열세 명입니다. (증거품 백에 담긴 손도끼를 들어 보이면서) 이 도끼로 열세 명의 사람을 죽였어요. 마지막 피살자는 여섯 살짜리 여자 아이였습니다. (사이) 이동원은 자신이 직접 러시아에 주문해 만든 손도끼로 그 아이의 머리를 내리쳤습니다. 두개골이 함몰돼 그 자리에서 즉사했죠. 물론 이것도 잘 알고 계실 겁니다.

최현석   이동원은 김 선배가 마지막으로 변호를 맡았던 사람이었다. 모두 열세 명을 살해한 연쇄살인범. 그의 이름은 내 손에 돌아온 죄와 벌의 주인공이 되어 있었다.

검사   불특정 다수에 대한 계획적이며 고의적인 살인. 답은 간단합니다. 이 사회가 원하는 건 정의입니다. 이 세상에 정의가 없다면 인간이란 존재는 고작해야 걸어 다니는 고깃덩어리일 뿐입니다. 검사로서 충고하죠. 더 늦기 전에 발을 빼세요. 결말은 정해져 있어요. 선배님이 이 재판으로 얻게 될 건 단 하나, 생애 최초의 완벽한 패배뿐입니다.

검사, 증거품 백에 담긴 손도끼를 철제 책상에 내려놓고 나간다. 최현석, 책상 위에 놓인 책과 손도끼를 바라본다. 최현석, 캐비닛을 열고 책을 넣는다. 잠시 손도끼를 잡아보는 최현석.

조심스럽게 휘둘러보고는 캐비닛에 넣는다. 천천히 접견실로 걸음을 옮기던 최현석, 걸음을 멈춘다. 깊은 심호흡. 접견실로 들어간다.

1장

빗소리가 들려온다. 곧이어 규칙적인 발걸음 소리가 들려온다. 최현석, 문쪽을 주시한다. 최현석, 사탕을 깨물어 먹는다. 연거푸 담배를 피우듯 다시 새 사탕을 먹는다. 얼마 동안 지속하던 발걸음 소리 멈춘다. 교도관, 수갑을 찬 이동원을 데리고 들어온다. 왜소한 몸집에 겁을 먹은 표정으로 주섬주섬 들어오는 이동원. 이십 대 초반인 그의 얼굴에는 아직 소년의 모습이 남아있다. 이동원, 의자 옆에 선 채 불안한 얼굴로 바닥을 내려다보고 있다. 빗소리가 침묵을 깨며 들려온다.

최현석 안녕하세요? 최현석 변호사입니다.

이동원 애긴 들었어요. 새 변호사가 올 거라고.

최현석 앉을까요?

최현석, 앉는다. 이동원, 그가 앉은 것을 보고 뒤따라 앉는다. 거친 비바람 소리가 들려온다.

최현석 삼십 년 만의 폭우라네요. 일주일은 더 비가 올 것 같답니다.

이동원 씻을 게 많으니까. 더러우니까. 세상이.

최현석 (비 내리는 창가를 보다가 창문을 닫으며) 좀 *깨끗해질까*
요?

이동원, 대답을 하지 않는다.

최현석 이렇게 비가 오는 걸 보면 이런 생각이 들어요. 이러다
가 정말 노아의 방주 같은 큰 배를 띄워야 될지도 모른
다구요.

이동원 못 탈 거예요. 그 배. 빠져 죽을 테니까. (사이) 나도. 죄
인이니까.

최현석 그래도 한두 사람은 타지 않을까요?

이동원 선한 사람. 김 변호사님은 탈 수 있을 거예요.

최현석 김 변호사님하고는 각별한 사이였다고 들었어요. 변호
인과 의뢰인 이상으로.

이동원 안 되나요, 그러면?

최현석 아뇨. 식사를 거부했단 얘길 들어서요. 혹시 김 변호사
님하고 관계가 있나 싶어서.

이동원 금식 기도했어요. 김 변호사님을 위해서. 여기서 할 수
있는 건 그것밖에 없으니까. 왜죠?

최현석 …?

이동원 변호사님 어떻게 돌아가신 거예요? 얘길 안 해요. 물어
봐도.

최현석 아마. 얘길 안 한 건 이동원 씨한테 조금이라도 심리적
인 안정을 주기 위해 그랬을 겁니다.

이동원　개소리.

잠시 침묵.

최현석　그래요. 내가 봐도 변명치고는 궁색하네요. 행정상 문제가 있었을 거예요. 이동원 씨한테 전달하는 걸 잊어버렸겠죠. 대수롭지 않게.

이동원　…

최현석　내가 얘길 하죠. 김 변호사님이 돌아가신 건… 교통사고였어요. 마주 오던 차가 중앙선을 침범했어요. 선배님 차하고 정면으로 충돌했죠. 선배님은 그 자리에서 돌아가셨어요. 사고를 낸 차가 음주운전을 했어요. 사고를 낸 사람도.

이동원　됐어요.

이동원, 손을 모으고 기도를 한다. 알아들을 수 없는 말들을 무엇이라고 중얼거린다.

최현석　더 궁금한 게 있나요?

이동원　밖에선 뭐라고 그래요. 나보고.

최현석　특별한 얘긴 없어요. 대부분 경제 얘기나 정치 얘기, 뭐 그런 거죠.

이동원　여기 있다고 귀머거리나 장님이 되는 건 아니에요. 나도 알아요. 사람들은 내가 죽어야 된다고 생각해요.

최현석 재판이 여론의 영향을 안 받는다고 볼 순 없지만 그렇다고 여론이 판결을 만드는 건 아니에요.

이동원 이 재판 그만둘래요.

최현석 재판은 선택의 문제가 아닙니다.

이동원 왜 내 변호를 맡았죠?

최현석 김선규 변호사님은 나와는 각별한 사이였어요. 나한테 많은 영향을 미친 분이죠. 다른 사람보다 후배인 내가 이 재판을 맡는 게 좋겠다고 생각했습니다. 지금 시점에서 새 변호사를 만난다는 게 쉽지 않다는 거 잘 알아요. 최선을 다할 겁니다.

이동원 거짓말.

최현석 …?

이동원 최선이라는 말. 함부로 하지 말아요. 남은 시간이 일주일인데 최선을 다해요? 어떻게?

최현석 그 얘기라면 본격적으로 해보죠.

이동원 싫어요.

최현석 난 최선의 결과를 얻을 자신이 있어요.

이동원 싫어요.

최현석 김 변호사님 때문에 충격을 받은 건 잘 알고 있어요. 그건 나도.

이동원 알아? 뭘 아는데? 당신이 뭘 알아? 다시 시작하라고? 나보고. 처음부터. 이 얘길 다시 하라고?

최현석 이동원 씨.

이동원 필요 없어요. 아무 말도 안 할 거예요.

최현석　상견례는 이쯤에서 끝내는 게 어떨까요?

이동원　…

최현석　이 재판, 우리한테 불리해요. 여론도 이동원 씨가 생각 하는 것보다 훨씬 나쁘죠. 여론조사를 한다면 대부분의 사람은 이동원 씨가 사형선고를 받아야 된다고 할 겁니 다. (사이) 내가 여기 온 건 승산이 있다고 판단했기 때 문입니다. 이동원 씨가 날 믿지 않는다면 이 재판은 끝 이 보이는 게임일 뿐이에요. 김 변호사님은 돌아가셨습 니다. 이동원 씨 변호를 맡을 사람은 나예요. 내가 돌아 가기를 바랍니까?

이동원　…

최현석　난 내 의지로 여길 왔어요. 저 문을 나가는 것도 내 의 지예요. 돌아갈까요?

　　　　잠시 침묵.

이동원　아뇨. 나한텐 변호사가 필요해요.

최현석　난 시작할 준비가 됐어요.

이동원　승산이 있다구요? 얼마나?

최현석　오십일 대 사십구. 오십 대 오십보다는 낙관적이죠.

이동원　…

최현석　이런 말이 도움이 될진 모르겠지만, 난 재판에서 한 번 도 진 적이 없어요.

이동원　나 같은 사람 변호해 본 적 있어요?

최현석   이런 케이스의 재판은 나도 처음이에요.

이동원   근데 뭘 믿고 그렇게 자신만만하죠?

최현석   나 자신이죠.

잠시 침묵.

이동원   롤렉스는 좋은 시계예요.

최현석   …?

이동원   (변호사의 손목시계를 가리키며) 그건 데이트저스트 모델이에요. 시곗줄은 쥐베리 18금으로 되어 있어요. 세계 최초로 날짜 표시 기능을 집어넣은 손목시계죠. 아버님이 물려주신 건가요?

최현석   맞아요. 어떻게 알았죠?

이동원   데이트저스트 초기 모델이거든요. 64년도에 만든 시계니까 그럴 거라 생각했어요. 한 번 볼 수 있을까요, 그 시계?

최현석, 시계를 풀러 책상에 놓는다. 이동원, 소중한 물건을 다루듯 조심스럽게 시계를 만진다.

최현석   이동원 씨가 시계공이란 건 알고 있어요. 근데 이 정도로 전문가인지는 몰랐어요. 시계방 주인이 이동원 씨가 시계에 대해선 타고난 천재라고 했다던데 정말인 것 같네요.

이동원　사장님이 그랬어요?

최현석　조서에 그렇게 진술했어요.

이동원　개새끼.

최현석　…?

이동원　그 사람은 시계에 대해선 아는 게 없어요. 아는 거라곤 얼마에 팔아야 얼마가 남는다는 거, 그것뿐이에요. 시계를 만지면 안 돼요. 그런 사람은. 시계에 대한 모독이니까. 단순한 기계가 아니에요. 시계는.

최현석　그럼, 시계는 어떤 의미가 있죠?

이동원　운명.

최현석　재밌는 말이네요.

이동원, 시계를 귀에 대고 초침소리를 듣는다.

이동원　시계 속에 있는 톱니바퀴 본 적 있어요?

최현석　봐도 뭐가 뭔지 모르겠던데. 너무 복잡해서.

이동원　하지만 톱니바퀴들을 하나씩 뜯어서 책상 위에 놓으면 제대로 볼 수 있어요. 막상 원칙을 알면 아무것도 아니에요. 정해진 순서대로 하나씩 맞추면 되니까요. 우리의 삶도 시계 속의 톱니바퀴하고 다를 게 없거든요. 복잡해 보여도 원칙에 따라 움직이니까요. 운명이라는 원칙. 예정된 결말을 향해서 움직이죠. (사이) 시계를 보면 주인을 알 수 있어요. 좋은 분이셨을 거예요. 변호사 아버님이요.

최현석   그래요. 평생 봉사를 하시며 사셨던 분이시니까요.

이동원   뭘 하시던 분이죠?

최현석   목회자셨어요. 가난한 성직자였죠. 그 시계는 미군 군목한테 선물로 받으신겁니다.

이동원, 시계를 책상에 내려놓는다. 최현석, 시계를 다시 찬다. 사탕을 먹는다. 이동원, 그런 최현석을 바라본다.

최현석   금연 중이라서요. 사탕이 나름 효과가 있거든요.

이동원   사탕을 많이 먹네요.

최현석   담배 끊는 게 생각처럼 쉽지가 않아요. 꿈에서도 담배를 필 때가 있어요. 혼자 있을 땐 상상 속에서 담배를 피기도 하죠.

최현석, 생각의 방으로 들어간다. 철제 책상 위에 있던 담배를 입에 문다.

이동원   어디서부터 시작할 거죠?

최현석, 담배에 불을 붙인다. 담배를 피우며 캐비닛을 연다. 많은 서류 중 하나를 고른다.

최현석   모든 것의 출발점이죠. 이동원 씨의 진술서.

최현석, 철제 책상에 앉는다.

최현석 경찰 말로는 진술서를 쓸 때 30분도 안 걸렸다고 하더군요.

이동원 잘 모르겠어요.

최현석 진술서를 보고 솔직히 많이 놀랐어요. 뭐랄까? 진술서라기보다는 범죄 르포 같단 생각이 들었거든요. 논리적이고 질서정연했어요. 이동원 씨가 얘기했던 시계 속의 톱니바퀴 같다고나 할까.

이동원 …

최현석 진술서만 본다면 이동원 씨가 야간 고등학교를 졸업한 시계공이란 사실을 믿기 힘들 거예요. 물론 지적능력과 학력은 별개지만요.

이동원 난 책을 좋아해요. 책 읽는 걸 좋아해요.

최현석 그런데 말이죠. 이 진술서엔 가장 중요한 부분이 빠져있어요.

이동원 거짓말 안 했어요.

최현석 나도 거짓말이라곤 안 했어요. 아마 김 변호사님도 이 부분이 걸렸을 거예요. 나처럼.

이동원 …

최현석 (서류를 보며) 검찰은 6개월간에 걸쳐 일어난 연쇄 살인의 가장 유력한 용의자로 이동원 씨를 기소했어요. 결정적인 제보를 한 사람은 이동원 씨가 세들어 살았던 집주인이었죠. 집주인은 평소 방에서 나오지 않는 이동원 씨를 이상하게 여겼고, 정확히 어떤 이유인지는 알수 없지만 이동원 씨가 외출을 하는 날짜를 달력에 표시해두었죠. 그리고 외출날짜와 연쇄살인의 날짜가 일치한다고 생각하자 신고를 한 겁니다. 경찰은 신고 즉시 이동원 씨를 체포했고, 방에서 연쇄살인의 흉기로 추정되는 도끼를 찾아냈어요. 이동원 씨는 체포된 직후 자신이 범인이라고 자백을 했죠. 6개월 동안 용의자는 커녕 증거 하나 찾지 못했던 연쇄살인사건은 단 한 시간 만에 모든 상황이 종료된 겁니다. 매스컴에선 이 사건이 아주 극적으로 해결됐다고 떠들어댔죠. 나도 이 사건이 아주 극적이라는 사실에는 동의해요. 증인이 단 한 명도 존재하지 않는 사건이니까요.

최현석, 연거푸 새 담배를 피운다.

최현석 피살자들의 두부에 난 가격 상처와 이동원 씨 방에서 발견된 도끼의 날이 정확히 일치한다고 하지만 이동원 씨의 도끼가 반드시 범행에 쓰였다는 결정적인 증거는 될 수 없어요. 이 나라에 러시아산 도끼가 단 하나만 존재한다고 말할 수 있는 증거는 어디에도 없으니까요. 또 그 도끼에선 피살자들의 혈흔을 발견할 수가 없었어요. 이동원 씨를 신고한 집주인은 과거 10년간 정신과 치료를 받은 병력의 소유자죠. 2년 전엔 자기 집에 불을 지르려고 했던 적도 있었고. 이런 심신미약자가 제

시한 증거는 법정에선 아무 효력도 발휘할 수가 없어요. 러시아산 도끼도, 집주인의 제보도 결국은 가능성 중의 하나일 뿐 결정적인 증거는 아닙니다. 검찰이 이동원 씨를 기소할 수 있었던 가장 중요한 증거는 바로 이동원 씨 본인의 자백이에요.

이동원 최경덕, 55세, 택시 운전수 / 권혁경, 41세, 가정주부 / 이 마태오, 61세, 카롤릭 신부 / 변상현, 33세, 대학원생 / 박규헌, 47세, 노점상 / 김현희, 28세, 중학교 교사 / 오상준, 23세, 무용수 / 배주희, 19세, 카페 종업원 / 김택규, 31세, 경찰 / 강원석, 21세, 축구 선수 / 현종원, 23세, 패션모델 / 유상식, 37세, 드럼 연주자 / 최지연, 6세, 유치원생.

최현석 …

이동원 난 살인자예요. 내가 죽였어요. 열세 명 모두.

잠시 침묵.

최현석 난 이 진술서가 경찰의 강제적인 수사 때문에 씌여졌다고 생각하진 않아요.

이동원 맞아요.

최현석 이건 백 퍼센트 이동원 씨의 자백이에요.

이동원 맞아요.

최현석 근데 왜죠? 대체 왜? 이유를 알 수가 없어요.

이동원 진술서에 썼어요.

최현석 이동원 씨한테 직접 그 이유를 듣고 싶어요.

이동원 난. 내 운명에 살인이 허락되는지 알고 싶었어요.

최현석 그게 무슨 뜻이죠?

이동원 말 그대로.

최현석 내 운명에 살인이 허락되는지 알고 싶었다? 이게 살인의 이유라고요?

이동원 그래요.

최현석 이세 아무 관계도 없는 열세 명의 사람을 죽인 이유라구요?

이동원 그래요.

최현석 그렇다면 내가 이해할 수 있게 설명해 봐요. 나로서는 도저히 해석이 안 되는 이유니까.

이동원 김 변호사님은 알고 있었어요. 이게 무슨 의미인지.

최현석 나는 김선규 변호사가 아니에요.

이동원 김 변호사님은 알고 있어요. 김 변호사님은 알아요. 알아요.

최헌식, 담배를 끄고 집건실로 들어간다.

이동원 내 변호사는 김선규 변호사야. 내 변호사를 데려와요. 내 변호사 데려와! 데려오란 말이야!

이동원, 갑자기 책상을 두들기기 시작한다.

이동원 (책상을 거칠게 두들기며) 데려와! 데려와! 데려와!

이동원의 행동은 마치 발작이라도 일으킨 것 같다. 뒤로 물러
서는 최현석. 교도관이 급히 뛰어 들어온다. 이동원을 거칠게
제압한다. 교도관의 힘에 제압되어 조용해지는 이동원. 서서
히 안정을 찾는다.

최현석 괜찮아요. 놔주세요.

교도관, 이동원을 놓는다.

이동원 오늘은 여기까지만 해요.
최현석 우리한텐 시간이 없습니다. 일주일은 긴 시간이 아니에
요.
이동원 하느님은 6일 동안 천지를 창조하시고 마지막 칠일 째
가 되는 날은 쉬셨죠. 일주일은 이 세상이 창조되고, 또
파멸할 수 있는 긴 시간이에요.
최현석 난 변호사일 뿐이에요.
이동원 나도 악마는 아니에요. 교만한 죄인일 뿐이죠.

망설이던 최현석, 고개를 끄덕인다. 교도관, 이동원을 데리고
나간다. 접견실에 홀로 남은 최현석, 가방을 든다. 천천히 생
각의 방으로 들어간다. 넥타이를 느슨하게 푼다. 담배를 입에
물고 불을 붙인다. 최현석, 캐비닛에서 맥주를 꺼내 마신다.

책상 위에 놓인 서류를 펼쳐 본다. 곧이어, 생각의 방으로 강 박사가 들어온다. 과거의 기억이다.

강 박사 변호사님도 아시겠지만, 이동원의 성장과정은 그다지 평탄치가 않았어요. 어머니는 5살 때 외간 남자와 도망을 쳤고, 아버지 밑에서 자랐죠. 하지만 아버지란 사람도 그리 자상한 사람은 아니었습니다. 폭력적인 사람이었죠. 도망친 아내에 대한 증오를 아들한테 전가시켰어요. 근데 이동원의 어머니가 다른 남자와 도망을 갔다는 부분은 전적으로 이동원 아버지의 주장일 뿐, 확인할 방법이 없어요. 그 후론 행방이 묘연하니까. 그 사람은 한 교회에 이동원을 보냈습니다. 이동원은 7살 이후 거길 나올 때까지 거의 13년을 교회에서 살았죠. 목사가 이동원의 양아버지 역할을 했습니다. 더 비극적인 건 말이죠. 그 목사였어요. 그 목사는 자칭 재림예수였거든요.

최현석의 깊은 한숨. 서류를 덮는다.

강 박사 내 대답은 똑같습니다. 내가 내린 정신감정은 정확하니까요. 이동원의 정신 상태는 지극히 불안정한 상태고, 살인 당시 이동원은 자신의 행위가 미칠 결과와 행위의 윤리적 판단을 할 수 없는 상태였어요. 감정서에 밝혔듯이 이동원은 사법제도의 판결을 받을 수 없는 심신미약자입니다. (사이) 맞습니다. 총 여덟 번이죠. 나하고 그 뭐더라? (사이) 안현욱. 그래요, 그 사람하고 같이 감정을 했죠. 알고 계시겠지만, 매번 나랑은 다른 결과가 나왔어요. 난 여덟 번 모두 심신미약으로 판정을 내렸는데 그 사람은 모두 정상으로 판정을 내렸으니까요. (사이) 변호사님? 지금 그 사이비하고 나를 동급으로 보는 겁니까? 난 이십 년 동안 정신감정을 했어요. 이 나라에 있었던 모든 강력 범죄 용의자는 내 감정을 받았습니다. 난 한 번도 틀린 적이 없었어요. 하지만 안현욱이라는 작자는 이번이 처음이란 말이야. 연구실에 틀어박혀서 논문이나 긁적이는 사람이, 진짜 사람의 마음을 알 수 있을 거라고 생각해요? 안현욱이 이번 감정에 참여하게 된 건 정신분석 실력 때문이 아니라 지 동생 때문이란 건 삼척동자도 알 겁니다. 동생이 국회의원이란 건 알고 있죠? 그 사람 공약 중 하나가 뭔지 압니까? 사형제도 폐지 반대였어요. 안현욱도 열성적인 사형 폐지 반대자구요. 형제가 똑같죠. 이쯤 되면 뭔가 감이 안 잡혀요? 이동원은 사형선고를 받아야 된다고. 그러려면 미쳐선 안 돼. 반드시 정상이어야 된단 말이야. (사이) 이런 일이 가능하냐구요? 그럼, 변호사님이 볼 땐 이 세상에 불가능한 일은 뭡니까?

최현석, 담배를 입에 물고 캐비닛 앞으로 간다.

강 박사　정말 이동원을 변호할 생각이 있다면. 이동원의 머릿속을 들여다봐요.

최현석, 캐비닛에서 증거품 백에 담긴 손도끼를 꺼낸다.

강 박사　그걸 보게 된다면 변호사님은 이 재판에서 원하는 걸 얻을 겁니다.

강 박사, 나간다. 최현석, 물끄러미 손도끼를 바라본다. 그 모습이 여운을 남기며 어둠 속에 잠긴다.

2 장

접견실로 향하는 최현석. 맞은편에서 검사가 들어온다.

검사 안녕하세요.

최현석 여기서 이 검사를 만날 줄은 몰랐는데. 여긴 어쩐 일이
야?

검사 선배님의 협조가 좀 필요해서요.

최현석 …?

검사 이동원의 양아버지, 목사 말이에요. 그 사람 자기 집에
서 변사체로 발견됐습니다.

아직 어둠 속에 잠긴 접견실. 이동원의 모습이 실루엣으로 보
인다. 이동원, 작게 찬송가를 부른다.

최현석 (이동원의 찬송가를 잠시 듣다가) 사인은 뭐지?

검사 현재로서는 자살로 추정됩니다. 질식사죠. 목을 맸어
요.

최현석 요점만 말했으면 좋겠는데. 나한테 무슨 협조를 바라
지?

검사 그 목사. 일주일에 한두 번씩 이동원한테 면회를 왔었
어요. 지난주에도 왔었죠. 그런데 마지막 면회를 왔을

때 소동이 있었어요. 이동원이 그 목사한테 뭐라고 했는지는 모르겠는데 목사가 거의 발작을 일으켰다고 하더군요. 이동원이 목사와 무슨 대화를 나누었는지 확인하고 싶습니다.

최현석 그걸 확인하러 왔다는 게 납득이 안 되는군. 목사가 죽은 것하고 이동원이 어떤 연관이 있다는 거지?

검사 목사가 자살한 건 분명히 이동원과 관계가 있습니다.

최현석 그건 이 검사 생각이겠지.

검사 목사를 우리 측 증인으로 채택할 계획이었습니다. 이동원도 그걸 알고 있었구요.

최현석 이동원을 너무 과대평가하는 거 아닌가? 이 검사 얘길 들어보면 이동원이 무슨 초능력자라도 되는 것 같아서 말이야.

검사 선배님이야말로 이동원을 너무 과소평가하는 거 아닐까요?

최현석 미안하지만 난 협조할 수가 없어. 내 의뢰인은 심리적인 안정이 필요해. 자기한테 사형을 구형할 검사하고 마주 앉게 할 수는 없어. 법정에서 보지.

접견실에서 이동원의 찬송가 소리가 들려온다. 최현석과 검사, 잠시 그 소리에 귀를 기울인다.

검사 선배님은 이동원이 진짜 미쳤다고 생각하십니까?

최현석 …

검사 전에 선배님이 하셨던 재판이요. 여고생을 납치, 강간. 폭행해서 뇌사로 만들었던 놈. 선배님이 변호를 맡으니까 미국에 유학까지 갔던 놈이 정신이상자가 됐었죠. 여고생의 가족들은 무고죄와 명예훼손으로 알거지가 됐구요.

최현석 검사가 변호인한테 이런 말을 한다는 거 위험한 짓이야. 잘 알 텐데.

검사 오해는 하지 마세요. 단지 제가 하고 싶은 말은. 이동원을 정신이상으로 만들 계획이라면 그만두라는 겁니다.

최현석 그 목사가 증인이었다면 이동원의 정신 상태를 증명할 수 있었을까?

검사 글쎄요. 최소한 사실은 알게 됐겠죠. 이동원이 지금까지 읽은 책이 이만 권이 넘고, 라틴어로 쓰인 성경을 읽을 수 있었고, 엄청난 기억력과 계산력을 갖고 있었다는 사실이요. 혹시 누가 압니까? 이동원의 법률 지식이 우리보다 더 뛰어날지. 이동원하고의 면담은 정식적인 절차를 통해 요구하겠습니다. 선배님이 좋아하시는 법대로 하죠.

최현석 좋을 대로.

최현석, 접견실로 들어가려고 하는데,

검사 솔직히 그 목사라는 사람. 말이 목사지 사이비 교주나 마찬가지죠. 자칭 재림예수니까요. 사이비 목사와 연쇄

살인범이라. 재밌네요. 아, 그러고 보니까 선배님 아버님도 목사님 아니셨나요?

최현석, 걸음을 멈추고 천천히 돌아선다.

최현석   이 검사, 나한테 이런 말 했었지? 이 재판에서 내가 얻을 것은 생애 최초의 완벽한 패배라고. 그런데 왠지 시간이 지날수록 자신감이 생겨. 열세 명을 죽인 연쇄살인범이 법정최고형인 사형을 안 받는다면 이 검사 표정이 어떨까? 이 재판, 이 검사한텐 치명적일 거야. 내가 약속하지.

최현석, 접견실로 들어간다. 검사의 냉소적인 웃음. 돌아서서 나간다. 이동원, 중얼거리듯 찬송가를 부른다. 최현석, 천천히 의자에 앉는다.

이동원   목사님이 돌아가셨대요.
최현석   나도 지금 막 소식을 들었어요. 유감입니다.
이동원   목사님은 아버지 같은 분이었어요.
최현석   …
이동원   날 사랑하셨어요. 기도한다고 했어요. 날 위해서. 내가 구원받을 수 있게. 기도 많이 해주셨나요? 변호사님 아버지도.
최현석   직업이 목사시니까요.

31

이동원 친했어요? 아버지랑?

최현석 전형적인 부자지간이었죠.

이동원 어떤 거죠? 그게?

최현석 친하기도 했고, 어렵기도 했죠. 괜찮다면 하나 물어보고 싶은 게 있어요.

이동원, 고개를 끄덕인다. 최현석, 생각의 방으로 들어간다. 담배를 피운다.

최현석 지난주 면회 때 작은 소동이 있었다고 들었어요. 무슨 일이었죠?

잠시 침묵.

이동원 그냥. 말했어요. 목사님한테.

최현석 …

이동원 그냥. 말했어요. 정말 하고 싶었던 말이었거든요.

최현석 목사한테 뭐라고 했습니까?

이동원 당신 죽여 버릴 거야.

생각의 방문이 열리면서 목사가 들어온다. 그는 성경책을 가슴에 꼭 끌어안고 있다.

목사 이 마귀 사탄아! 주님의 이름으로 명하노니 물러가라!

썩 물러가라!

이동원 목사님은 말했어요. 내 몸 안엔 마귀가 있다고, 사탄이 있다고. 그래서 내가 죄를 지을 거라고 했어요. 그래서 지옥에 떨어질 거라구요.

목사 난 널 위해 내 삶을 바쳤어. 그런데 너는 날 배신하고 주님을 배신했어. 니 몸속의 더러운 피, 니 에미의 피, 악마의 피, 사탄의 피가 주님의 성전을 파괴하고 내 영혼을 파괴했어.

이동원 내 몸에 사탄이 들어온 건 엄마 때문이래요. 우리 엄마 때문에. 더러운 여자라서 내가 이렇게 됐대요. 난 엄마 얼굴도 기억을 못 하는데.

목사 니가 주님의 성전에 불을 냈어. 니 놈이 내 교회에, 내 교회에 불을 질렀어! 내 권능을 불태우고 날 죽이려고! 주님의 이름으로 명하노라! 마귀 사탄아! 지옥으로 사라져라!

이동원 교회를 나오고 싶었어요. 그런데 교회에 불이 났어요. 나 때문일까요? 내가 화장실에서 몰래 담배를 펴서. 목사님은 내가 교회에 불을 질렀다고 했어요. 내가 자기를 죽이려고 그랬대요. 불에 태워서.

최현석, 이동원의 말에 잠시 멈칫한다.

이동원 난 목사님의 말대로 지옥에 떨어졌어요. 카인이 아벨을 죽인 것처럼. 나도 사람을 죽였어요.

최현석 담배를 폈다고 교회에 불이 났다는 건 말도 안 되는 소
리예요. 전기가 누전됐거나 난로가 과열됐을 수도 있고
아니면 동네 아이들이 불장난을 했을 수도 있어요.

목사 난 다 알아. 교회에 불을 지른 놈은 바로 니 놈이야. 니
놈! 날 죽이려고! 날 죽이려고!

최현석 자칭 재림예수라면서 자기 교회 불도 못 끈다면 그게
코미디 아닌가요?

이동원 내 말 때문에. 그래서 목사님이 돌아가셨을까요?

목사 나는 봤어. 니 놈을. 니가 불을 지르는 걸!

최현석 그런 성격의 소유자가 말 한마디에 죽는다? 내 상식으
론 넌센스예요.

이동원 그럼, 왜 돌아가셨을까요?

최현석 죗값을 받은 거겠죠. 정말 지옥이 있다면 이런 사람을
위해 만들었을 거예요. 어쩌면 진짜 지옥에 갔을지도
모르죠.

목사, 전과는 확연히 기가 죽은 모습으로 천천히 생각의 방을
나간다.

최현석 목사에 대해서 내가 더 알아야 될 게 있나요?

이동원, 고개를 젓는다.

최현석 그럼, 우리 얘길 해보죠. 어제 했던 얘기부터 시작해볼

34

까요?

이동원   진술서에 쓴 말. 진실이에요.

최현석, 새 담배를 피운다. 잠시 침묵.

이동원   왜 말이 없죠?

최현석   생각 중이에요. 어떻게 이해해야 될지 감을 잡을 수가
없어서요.

이동원   이해로 알 수 없어요. 그건.

최현석   내 운명에 살인이 허락되는지 알고 싶었다. 이 말을 이
해로 알 수 없다면 방법이 뭐죠?

이동원   책 좋아해요? 난 책을 좋아해요. 목사님은 성경책만 읽
으라고 했지만, 난 몰래 책을 읽었어요. 목사님이 교회
를 나가면 난 책을 찾아 돌아다녔어요. 닥치는 대로 모
두 읽었어요. 나중엔 머리가 터지는 것 같았어요. 너무
많은 책을 읽어서. 그래도 행복했어요. 변호사님은 어
떤 책을 좋아하죠?

최현석   내가 좋아하는 책은… 죄와 벌이에요.

이동원   우연의 일치네요. 김 변호사님도 그 책을 제일 좋아한
다고 하셨거든요.

최현석, 캐비닛에서 책을 꺼내 펼친다. 책의 한 부분을 확인
한다.

최현석   라스콜리니코프. 이 남자는 전당포 노파가 없어져야 할 악이라고 생각하죠. 악을 없애기 위해 살인을 해요. 남자는 자신을 납득시킬 살인의 이유가 있었죠. 이 남자가 쓴 흉기는 도끼였어요. (생각에 잠겨) 이동원 씨는 인터넷으로 러시아 회사에 도끼를 주문했어요. 그 도끼는 한 손으로 들 수 있고, 옷 속에도 감출 수 있어요. 손잡이는 이동원 씨의 손에 맞게 수작업으로 만들어졌구요. 왜 하필 러시아였을까? 단지 호감이 가는 나라이기 때문에? 아니면 갑작스러운 충동으로? 그것도 아니라면 러시아에서 만들어져야 하는 필연적인 이유 때문에? 만약 러시아에서 만들어져야 하는 필연적인 이유가 있다면 거기엔 뭔가 중요한 단서가 있겠죠. 예를 들면 러시아 문학 같은. (사이) 죄와 벌. 라스콜리니코프의 도끼가 러시아에서 만든 거니까요.

이동원   라스콜리니코프. 러시아 이름은 너무 어려워요. 난 그냥 로쟈란 애칭으로 불러요.

잠시 침묵.

최현석   내 생각이 맞다면 이 소설이 살인의 모티브예요. 아닌가요?

이동원   …

최현석   이 책이 모든 것의 출발점이라고는 생각을 못했어요. 검사 쪽에서도 알아내지 못했죠. 누가 상상이나 했겠어요? 한국에서 벌어진 연쇄살인이 러시아 소설에서 시작됐다는 걸. 자기 소설이 연쇄살인의 모티브가 된 걸 도스토예프스키가 알았다면 기분이 어땠을까요?

이동원 나쁘진 않을 걸요. 자기가 위대한 작가라는 걸 증명해 준 거니까요.

잠시 침묵.

이동원 이렇게 빨리 알아낼 줄은 몰랐어요. 한 달 걸렸어요. 김 변호사님은. 근데 변호사님은 이틀 만에 알아냈네요. 대단해요. 하지만 부족해요. 아직. 난 내 자신을 로쟈라고 생각해본 적 없어요. 영감을 받은 건 사실이지만. 로쟈는 두 명을 죽였고 난 열세 명을 죽였어요. 로쟈가 죽인 사람은 악인이었지만 난 아니에요.

최현석이 접견실로 들어오려고 하는데,

이동원 뭔가 잡힐 것 같다고 긴장을 풀면 다시 원점으로 돌아가요. 더 집중해야 돼요. 생각. 생각해야 돼요

최현석, 다시 철제 책상에 앉는다. 담배를 피운다.

이동원 무슨 생각을 하죠?
최현석 죄와 벌. 라스콜리니코프. 그리고 이동원 씨의 진술에

대해서요.

이동원 좋아요. 계속 생각해요. 변호사님은 내 예상보다 빠른 속도로 진도가 나가고 있어요. 꼭 내 생각의 캐비닛을 열어본 것처럼요.

최현석 생각의 뭐라구요?

이동원 생각의 캐비닛.

최현석 …?

이동원 난 지금 변호사님이 어디 있는지 알아요. 생각의 방에 있죠. 생각하고 상상하고 기억하고 정리하는 방.

최현석 그건 뭐죠? 심리학 이론인가요?

이동원 내 생각이 맞다면 변호사님 방은 차가운 금속 가구들만 있을 거예요. 생각의 방은 주인을 닮거든요. 이성적이고 냉철한 성격의 상징이죠.

최현석, 지금까지 인식해본 적이 없는 생각의 방을 둘러본다. 이동원의 말처럼 모든 가구가 철제이다.

이동원 내가 가장 궁금한 건 캐비닛이에요. 그 안엔 뭐가 들었죠?

최현석 무슨 말인지 잘 모르겠어요.

이동원 기억들, 생각들, 지워지지 않는 상처들. 생각의 캐비닛을 열 때는 조심해야 돼요. 잊고 싶은 과거의 기억들이 감추어져 있을지도 모르니까요.

침실이 보인다. 샤워를 하는 소리가 들려온다. 잠시 후, 샤워를 끝낸 마담이 침실로 들어온다.

마담 (머리를 말리며, 최현석을 향해) 정말 끊은 거야? 자기 정말 독하다. 담배는 코카인보다 중독성이 강하다는데.

마담, 침대에 걸터앉아 담배를 피우며 머리를 말린다.

마담 나보다 오래 살려고? 그럼, 내 앞으로 생명보험 들어놓은 거 다 자기 꺼네.

마담, 피식 웃는다.

마담 자기한테 전화 안 할 거야. 좋게 정리했어. (사이) 그 애 재밌더라. 자기가 이런 말을 했었대. 같이 도망가자고. 비행기 표도 샀다고 하대. 어디라고 하더라? 꽤 먼 곳이던데. (사이) 괜찮아. 더 얘기할 필요 없어. 그 애 말 안 믿으니까.

마담, 담배를 끄고 옷을 입기 시작한다.

마담 자기 보고 있으면 꼭 사춘기 소년 같애. 엄마한테 화나서 반항하는 아이 말이야. 난 알아. 아이는 엄마 품으로 돌아온다는 거. 자기도 그럴 거야. (사이) 그런 표정 짓지 마. 그러니까 내가 더 미안해지잖아. 사람은 한 번쯤 실수를 한다니까. 중요한 건 똑같은 실수를 반복 안 하면 되는 거야.

마담, 옷을 다 입는다. 최현석을 향해 선다.

마담　예전엔 자기 나보고 예쁘다고 했었는데. 그런 말 들어본 지 정말 오래됐네. 난 자기가 했던 말 믿어. 우리는 영원히 사랑할 거라는 거. 우리의 비밀이 우리를 더 강하게 할 거라는 거. 자기는 어떻게 생각해? (사이) 어때? 나 예뻐?

침실, 어둠 속에 잠긴다.

최현석　그게 어떤 심리학 이론인지는 모르겠지만, 나한텐 해당 사항이 없어요.
이동원　난 알 수 있어요. 생각의 방을.
최현석　한번 이동원 씨가 맞춰봐요. 나한텐 어떤 상처가 있죠?

잠시 침묵.

이동원　폭죽.
최현석　…?
이동원　밤하늘의 폭죽.

최현석, 어이가 없다. 접견실로 들어온다.

최현석 내 상처보다는 이동원 씨의 상처가 재판에 도움이 될
겁니다.

이동원 …

최현석 이동원 씨와 목사와의 관계만으로도 많은 얘길 할 수
있을 거예요. 어릴 적 받은 정신적 상처로 살인자가 된
시계공. 현재로선 가장 유용한 전략이죠.

이동원 화났어요? 상처 얘길 해서?

최현석 나한텐 상처 같은 거 없어요.

이동원 상처 없는 사람은 없어요.

최현석 밤하늘의 폭죽이 상처라구요? 내가 볼 땐 낭만적일 것
같은데.

이동원 솔직하지 못하네요.

최현석 왜 우리가 이런 얘길 해야 되죠? 이런 대화는 무의미해
요.

이동원 의미가 있어요. 서로 가까워지고 있으니까. 나랑 김 변
호사님이 그랬던 거처럼. 훨씬 더 빠르게. 변호사님은
잘하고 있어요, 지금.

최현석 …

이동원 하지만 교만해져선 안 돼요. 죄와 벌은 끝이 아니라 시
작일 뿐이니까. 난 이 책을 읽고 내 생애 최초의 살인
욕구를 느꼈어요. 너무나 강렬해서 몸서리가 쳐질 정도
였어요. 당장에라도 밖에 뛰어나가서 누구라도 죽일 것

같았죠. 그때의 기분 지금도 기억해요.

최현석   어떤 기분이죠? 살인 욕구를 느낀다는 게?

이동원   생각하고 느껴봐요, 변호사님이.

최현석   난 단순명료한 답을 원해요.

이동원   이것보다 단순명료한 대답이 있나요?

최현석   나보고 어쩌라는 거죠?

이동원   숙제를 해야죠.

최현석   …?

이동원   재밌을 거예요.

최현석   어디서부터 우리 대화가 꼬였죠? 다시 돌아가죠.

이동원   우린 제대로 가고 있어요. 그런데.

최현석   뭐죠?

이동원   목사님은 정말 지옥에 가셨을까요?

이동원, 진지하게 질문을 하듯 최현석을 바라본다. 빗소리가 세차게 들려온다.

3장

침실. 최현석, 침대에 누워 책을 읽고 있다. 죄와 벌이다. 잠시
후, 마담이 들어온다. 취한 것 같다. 마담, 옷을 벗는다. 최현석,
옷을 벗는 마담을 무표정하게 본다. 다시 고개를 돌려 책을 읽
는다. 마담, 이브닝 가운을 걸치고 화장대 앞에 앉는다.

마담 오늘 정말 피곤해. 아주 많이. 자기는 어땠어? (대꾸가
없자) 응?

최현석 나도 그랬어.

마담 자기 슈트 새로 맞춘 거 입어 봤어?

최현석 아직.

마담 마음에 안 들어?

최현석 아니. 내일 입을게.

마담 마음에 안 들면 굳이 입을 필요 없어. 자기 스타일로 맞
추기는 했지만, 버리면 그만이지.

최현석 잘 입을게. 고마워.

마담 어때? 그 사람.

최현석 누구?

마담 누구긴 자기가 변호하는 그 미친놈이지. 뉴스 보니까
자기 멋지게 나오던데. 걔 진짜 미쳤지? 미치지 않고서
야 사람을 열셋이나 죽일 수 있겠어? 나도 그 사람 보

고 싶어. 나도 데려가면 안 돼?

최현석, 책을 덮는다.

최현석 얘기하려고 했었어.

마담 나랑 같은 집에 사는 사람이 희대의 연쇄살인범 변호를
맡았다는데 그걸 나만 모르고 있었네. 우리나라 사람들
다 아는 걸 말이야.

최현석 걱정할까 봐 얘기 안 했어.

마담 그래?

최현석 내 걱정 때문에 당신 아무 일도 못할까 봐.

마담 이런, 씨발.

최현석 …

마담 자기 또 거짓말이다. 자기한테 나는 뭐야? 투명인간?

최현석 미안해.

마담 내가 그렇게 싫어?

최현석 아니.

마담 또 거짓말.

최현석 거짓말 아냐.

마담 그럼, 사랑해?

최현석 (사이) 그래.

마담 그럼, 우리 오늘 같이 잘까? 섹스 말이야, 어때?

최현석 내일 아침부터 회의가 있어. 미안해.

마담 그러시겠지. 이젠 전국구 변호사인데.

마담, 담배를 피운다.

마담   나 술집 정리할까 봐. 자기 생각은 어때?

최현석   당신이 주인이니까 당신 마음대로 해.

마담   근데 막상 정리하자니 아쉬워. 우리한텐 추억의 장소인데. 자기를 처음 만난 곳이잖아.

최현석   …

마담   자기 그때 꼭 비에 맞은 강아지 같았다. 갈 데 없는 강아지. 사랑스러운 똥강아지. 법대를 다닌다는데 등록금도 없고 책 살 돈도 없고 밥 먹을 돈도 없고. 하긴 자기가 가난했으니까 우리가 만났겠지.

최현석   많이 취한 것 같아. 씻고 자.

최현석, 침대에서 일어선다. 나가려고 한다.

마담   내가 얘기할 땐 끝까지 들어.

최현석   얘기를 하고 싶으면 맨정신에 해.

마담   자기가 늘 나를 취하게 하잖아.

최현석   당신이 취하는 건 나 때문이 아니야.

마담   그럼, 누구 때문일까?

최현석   글쎄. 누군가는 알겠지.

잠시 침묵.

마담   (피식 피식 웃으며) 자기 알아? 자긴 씨발놈이야.

마담, 비틀비틀 욕실로 간다. 샤워를 하는 소리가 들려온다.
잠시 그 소리를 듣는 최현석. 책을 들고 생각의 방으로 들어
간다. 철제 책상에 앉아 담배를 피운다. 물끄러미 책을 바라
본다.

최현석   내 운명에 살인이 허락되는지 알고 싶었다… 살인이 허
락되는지 알고 싶었다… 알고 싶었다…

최현석, 담배를 비벼 끄고 캐비닛으로 향한다. 캐비닛에서 증
거품 백에 담긴 손도끼를 꺼낸다. 손도끼를 증거품 백에서 꺼
내 든다. 최현석, 손도끼와 책을 들고 생각의 방을 나간다.
최현석이 생각의 방을 나가면 무대는 상상 속의 거리가 된다.
비가 내리는 거리. 사람들, 우산을 쓰고 거리를 지나간다. 최
현석은 투명인간인 듯 사람들은 그의 존재를 느끼지 못한다.
책을 펼치고 한 구절을 읽는다.

최현석   청년은 겉옷의 단추를 풀고 도끼를 겨드랑에서 꺼내려
했지만, 완전히 꺼내지는 않고 다만 겉옷 속에서 오른
손으로 누르고 있었다. 손에 힘이 빠지고 점점 짜릿하
게 굳어지는 것을 스스로도 느꼈다. 그는 도끼를 떨어
뜨리지나 않을까 하고 걱정하였다.

최현석, 책을 덮는다. 눈을 감고 생각에 집중한다. 살인 욕구를 불러일으키려는 듯. 얼마간의 시간이 지나 천천히 눈을 뜬다.

최현석 최현석은 겉옷의 단추를 풀고 도끼를 겨드랑에서 꺼내려 했지만, 완전히 꺼내지는 않고 다만 겉옷 속에서 오른손으로 누르고 있었다. 손에 힘이 빠지고 점점 짜릿하게 굳어지는 것을 스스로도 느꼈다. 최현석은 도끼를 떨어뜨리지나 않을까 하고 걱정하였나.

최현석, 지나가는 사람들을 한 명씩 찬찬히 본다. 어느 순간 사람들의 시선을 느낀다. 정말 살인자가 되기라도 한 듯 손도끼를 몸속 깊숙이 감춘다.
침실에 마담의 모습이 보인다. 마담, 옷장을 연다. 최현석의 양복을 꺼내 세심히 살피기 시작한다. 마치 다른 여자의 흔적을 찾으려는 것 같다. 마담, 아무것도 찾을 수 없자 화가 치밀어 오른다. 마담, 옷장 속의 넥타이를 꺼낸다. 그 넥타이들을 가위로 자른다. 그 광경을 숨어서 지켜보는 최현석. 최현석, 소설의 한 구질을 독백처럼 밀하며 그 내용대로 똑같이 행동을 한다.

최현석 나는 겉옷의 단추를 풀고 도끼를 겨드랑에서 꺼내려 했지만, 완전히 꺼내지는 않고 다만 겉옷 속에서 오른손으로 누르고 있었다. 손에 힘이 빠지고 점점 짜릿하게 굳어지는 것을 자신도 느꼈다. 나는 도끼를 떨어뜨리지나 않을까 하고 걱정하였다. 나는 도끼를 빼내자마자 거의 의식이 몽롱한 채 도끼를 두 손으로 쥐고 들어 올렸다. 그땐 마치 힘이 빠진 것 같은 느낌이었다. 그러나 일단 도끼를 내려치고 나니 힘이 솟아올랐다. 여자는 꽥 소리를 질렀지만, 그 소리는 아주 작았다.

최현석의 손도끼가 마담을 내리친다. 순간, 침실이 핏빛으로 물든다.

최현석   나는 온 힘을 다해 역시 도끼 등으로 똑같이 정수리를 한두 번 더 내려쳤다. 컵을 엎어 버린 것처럼 피가 흘러나왔고 몸은 나자빠졌다. 나는 한 걸음 뒤로 몸을 빼어 넘어지는 대로 놔두었다가 곧 상대의 얼굴을 굽어보았다. 여자는 이미 숨이 끊어져 있었고, 당장 튀어나올 듯 눈을 부릅뜨고 있었다. 주름살투성이인 이마와 얼굴은 경련으로 일그러져 있었다.

최현석, 실제로 살인을 저지르기라도 한 것처럼 거친 숨을 몰아쉰다. 최현석, 자신의 손에 묻은 피를 본다. 도망치듯 생각의 방으로 들어간다. 손도끼와 책을 캐비닛에 던지듯 집어넣고는 손에 묻은 피를 닦아낸다. 떨리는 손으로 담배를 피운다.
정적을 깨며 들려오는 노크소리. 최현석, 주춤주춤 문 앞으로 간다. 망설이다 생각의 방문을 연다. 이동원이 서 있다.

이동원 왜 그렇게 놀라죠? 날 생각했잖아요?

최현석 맞아.

이동원 …

최현석 널 생각 중이야. 지금도 생각하고 있어. 운명에 살인이 허락되는지 알고 싶었다구? 그 엿 같은 소리 때문에 생각을 멈출 수가 없어.

이동원 내가 마음에 안 들어요?

최현석 넌 최익이야.

이동원 하긴 사람을 열셋이나 죽였는데 내가 좋다면 변호사님도 문제가 있는 거겠죠.

최현석 이제 잘 거야. 꺼져.

이동원 그래도 너무 야박한 거 아니에요. 내가 의뢰인인데.

최현석 후회 중이야.

이동원 변호사님은 잘하고 있어요. 날 믿어요. 어땠어요? 첫 살인?

최현석 살인이 아니야. 상상이야.

이동원, 캐비닛을 열고 손도끼를 꺼낸다. 한 손에 쥐어본다.

이동원 오랜만에 잡아보네요. 이걸 들고 있으면 뭐라도 내려치고 싶어져요. 묵직한 손맛이 느껴진다고나 할까? 여기 휘어진 등 보이죠? 이건 내가 특별히 부탁한 거예요. 이렇게 휘어지면 내리칠 때 더 큰 힘을 발휘할 수 있거든요.

최현석   다 검토했어. 설명할 필요 없어.

이동원   사용법에 대한 주의사항이에요. 내리칠 때 힘 조절이 중요해요. 약하게 치면 고통만 느끼게 하죠. 세게 치면 머리에 깊숙이 박혀서 빼기 힘들어지구요. 나도 처음엔 힘 조절 때문에 어려웠어요. 한두 번 해보니까 손에 익더라구요. 변호사님도 힘 조절은 연습해야 될 것 같아요. 아까 보니까.

최현석   너와 내 차이가 뭔지 알아? 난 상상으로 죽였고, 넌 실제로 죽였다는 거야. 한마디로 넌 미친놈이야.

이동원   그게 차이가 있나요?

최현석   평범한 사람들도 머릿속으로 살인을 해. 화가 나고 짜증나고 사는 게 괴로워서. 친구도 죽이고, 부모도 죽이고, 회사 동료도 죽여. 그래서 뭐? 아무 일도 일어나지 않아. 현실이 아니니까.

이동원   대뇌심리학에 의하면 인간의 뇌는 상상의 경험과 현실의 경험을 구분하지 못한대요. 그러니까 성경 말씀이 맞는 거예요. 이웃의 여자를 간음하려는 생각은 실제 간음한 것과 같다.

최현석   성경은 너 같은 놈 읽으라고 쓴 게 아니야.

이동원   정말 까칠하시네요. 그래도 재밌지 않아요. 나 보는 거.

최현석   …

이동원   삶의 긴장을 주잖아요. 바람 빠진 타이어에 공기를 넣는 것처럼 난 변호사님한테 활력을 주죠.

최현석   내 머릿속에서 나가. 난 자야 돼.

이동원, 최현석의 의식에서 지워지듯 어둠 속으로 사라진다.
침실이 보인다. 누워있는 마담의 모습이 실루엣으로 보인다.
최현석, 마담을 바라본다.

최현석 상상은 상상일 뿐이야. 현실이 아니야.

생각의 방으로 마담이 들어온다.

마담 자기 머릿속에서 나는 몇 번이나 죽었을까? 백 번? 천
번?

최현석, 담배를 문다. 마담이 그의 담배에 불을 붙여준다. 마
담, 뒤에서 최현석을 끌어안는다.

마담 자기는 날 싫어해.
최현석 맞아.
마담 죽이고 싶도록.
최현석 그래.
마담 근데 왜 날 안 떠나?
최현석 새로 시작해야 된다는 게 귀찮아. 다른 여자를 만나서
너랑 했던 짓거리를 또 하란 말이야? 끔찍해.

마담, 최현석에게 떨어진다. 그를 바라본다.

최현석 그렇게 보지 마. 엄마가 아들 보는 것처럼.

마담 자기는 아름다워. 멋있어. 왜냐면 내가 자기를 만들었으니까.

최현석 그런 얘기 지겹지 않아?

마담 사실인 걸. 거지랑 다름없던 자기한테 변호사 사무실까지 만들어 줬잖아. 내가 자기를 만들었어.

최현석 거래였어. 넌 나한테 돈을 주고, 난 너한테 기댈 수 있는 어깨를 주고. 그게 다야.

마담 자기 정말 까칠해. 그런데 그게 매력이야. 나 어떡하지? 자기한테 벗어날 수가 없는데.

최현석 집착은 병이야.

마담 사랑이야.

최현석 넌 사랑이 필요한 게 아니야. 뭔가 사육할 수 있는 대상이 필요할 뿐이야.

마담 자기는 사랑을 이해 못 해.

최현석 너한테 필요한 건 정신과 의사랑 널 위해 짖어줄 개 한 마리야.

마담 그런다고 내가 자기를 떠날 것 같아? 난 절대 안 떠나.

최현석 니가 몰랐던 거 얘기 하나 해줄까? 내가 원하기만 했으면 난 판사가 될 수 있었어. 성적이 좋았거든. 근데 왜 내가 변호사가 됐을까? 돈을 벌려고? 아니야. 니가 원하는 게 판사였기 때문이지. 난 니가 싫어하는 걸 하고 싶었거든. 앞으로도 난 니가 싫어하는 일만 할 거야. 이 것만큼은 정말 약속할 수 있어.

마담 자기는 지금 뭔가 잘못 생각하는 거야. 우리가 어떻게 만났는지 생각해 봐. 우리가 어떻게 사랑했는지. 저 캐비닛 어딘가에는 우리 추억이 있을 거야.

마담, 캐비닛을 열고 목걸이를 꺼낸다. 마담, 목걸이를 해 보인다.

마담 기억 안 나? 자기가 나한테 선물한 거야. 우리 백일 되던 날.

최현석 …

마담, 캐비닛에서 사진을 꺼낸다.

마담 기억해 봐. 여기가 어딘지? 우리 같이 여행 갔던 곳이야. 타히티. 우린 정말 굉장한 밤을 보냈어. 우린 몇 날 며칠 쉬지 않고 사랑을 나눴어.

최현석 …

마담, 다시 캐비닛을 열려고 한다. 최현석, 마담을 밀친다.

최현석 끝났어.
마담 안 돼.
최현석 넌 이미 내 마음속에서 죽었어.
마담 기억은 사라지지 않아. 우리 추억도.

최현석 태우고 묻을 거야.

마담 태우고 묻어도 기억은 사라지지 않아. 자기도 잘 알잖아?

최현석 시간 앞에선 어떤 것도 영원하지 않아. 난 너보다 시간이 많아. 훨씬. 내가 너보다 오래 살 거거든. 널 지울 수 있는 시간은 충분해.

최현석, 마담이 하고 있는 목걸이를 거칠게 떼어내서 보란 듯이 휴지통에 버린다.

최현석 이 말은 꼭 하고 싶었어. 옷 갈아있을 땐 부디 돌아서죠. 니 몸뚱이 보는 거 정말 힘들어.

마담의 모습, 어둠 속으로 사라진다. 최현석, 담배를 피운다. 침실 쪽을 바라본다. 잠들어 있는 마담의 모습이 실루엣으로 보인다. 최현석, 사진을 태운다.

4 장

변호사 사무실. 최현석, 생각에 빠져 있다.
휴대폰이 울리지만, 전화를 받지 않는다.

사무장 변호사님. 변호사님.

최현석, 그때서야 벨이 울리는 것을 안다. 번호를 확인할 뿐
받지 않는다. 벨이 멈춘다.

최현석 사무장님은 사람 죽여본 적 있어요?

사무장 예?

최현석 상상 속에서.

사무장 상상이라면 많죠. 내 와이프라면 죽여도 열댓 번은 죽
였을 걸요.

최현석 기분이 어땠어요?

사무장 그게 좀 말하기는 그렇지만. 죽일 때야 후련하죠. 막상
와이프 얼굴 보고 있으면 이런 생각을 내가 했다는 게
미안하구요. 더 끔찍한 건 내가 어떤 생각을 했는지 와
이프가 아는 거죠. 머릿속이 다 들여다보이면 무서워서
못 살 겁니다.

최현석 상상에서 사람을 죽이는 것과 현실에서 사람을 죽이는

건 어떤 차이가 있을까요?

사무장 글쎄요. 그런 건 이동원이 잘 알지 않을까요?

잠시 침묵.

최현석 전략을 좀 수정해야 될 것 같아요. 안현욱 박사가 이동원 정신감정을 하게 된 경유를 알아보세요. 누가 그 사람을 추천했고, 승인했는지. 주변의 평판은 어떤지 종합적으로요. 강인주 박사 쪽에 쓸 만한 정보들이 있을 거예요. 그리고 안상욱 의원도 자세히 알아봐요. 평판, 정책, 비리, 후원자, 전부다.

사무장 안상욱 의원까지요?

최현석 오제이심슨 알죠?

사무장 와이프 살해 혐의로 기소됐던 미식축구 선수죠.

최현석 처음엔 승산 없는 재판이었어요. 오제이심슨은 흑인이었고 살해당한 아내는 백인이었으니까요. 이 정도면 끝났다고 봐야죠. 그런데 오제이심슨을 체포한 백인 경찰이 인종차별 발언을 했다는 게 밝혀지면서 재판의 양상은 완전히 달라졌어요. 살인사건에서 인종차별로 포커스가 바뀐 거예요. 그 덕에 오제이심슨은 자기 와이프를 살해하고도 무죄선고를 받았어요. 안현욱 박사와 안상욱 의원, 두 사람은 사형 폐지 반대자들이에요. 안현욱 박사가 이동원의 정신감정을 하게 된 데는 안상욱 의원이 어떤 식으로든 영향을 미쳤을 거예요. 사실이라면 공정해야 될 재판에 개인의 정치적 신념이 개입된 거죠. 우리는 이 재판의 본질부터 짚고 넘어갈 거예요. 우리가 이렇게 나올 거라는 건 검사 쪽에선 예상 못 할 겁니다. (문득) 아, 그리고 이동원 양아버지. 그 사람 교회에 있었던 화재 사건도 알아보세요. 화재의 원인이 뭐였는지.

사무장 알겠습니다.

최현석, 가방을 들고 접견실로 들어간다.
접견실에는 이동원이 앉아있다.

이동원 오늘은 늦었네요.

최현석 미안해요.

이동원 피곤해 보여요.

최현석 내 걱정은 안 해도 돼요. 튼튼한 체질이니까.

이동원 오늘은 어디까지 진도를 나갈까요?

최현석 난 학생이 아니고 이동원 씨는 선생이 아니에요. 의뢰인과 변호인의 관계죠.그 말 귀에 거슬리네요.

이동원 나도 거슬려요. 의뢰인이라는 말. 변호를 의뢰한 적이 없는데 왜 내가 의뢰인이죠?

최현석 편의를 위한 용어예요.

이동원 진도라는 말도 편의를 위한 용어예요.

최현석 좋아요. 오늘은 어디까지 진도를 나갈 겁니까? 재판까진 5일밖에 안 남았고, 난 아무 답도 못 찾았어요.

이동원	수갑을 풀어줘요.
최현석	…?
이동원	변호사님이 원하면 상관없는 규정이에요.
최현석	이동원 씨가 내 의뢰인이지만 나보고 무방비로 여기에 있으라는 건 좀 무리한 부탁 아닐까요?
이동원	우리 신뢰가 이 정도밖에 안 되나요?
최현석	신뢰라는 건 어느 정도 시간을 담보로 하는 거예요. 삼일은 짧죠.
이동원	풀어줘요.
최현석	수갑을 풀었다고 칩시다. 그 대가로 난 뭘 얻죠?
이동원	진도가 빨라지겠죠.
최현석	(잠시 망설이다가) 교도관.

교도관, 들어온다.

최현석	수갑 풀어주세요.
교도관	그건.
최현석	규정에 대해선 설명할 필요 없어요. 풀어줘요.

교도관, 이동원의 수갑을 푼다.

| 최현석 | (교도관의 시선을 느끼고) 할 말 있습니까? |

교도관, 나간다.

이동원　한결 낫네요.

최현석　수업료를 받았으면 시작하죠.

이동원　어제는 어땠어요? 어디까지 가봤죠? 응?

최현석　아무것도. 아무것도 없어요. 열심히 읽어봤지만 이동원 씨가 말하는 살인 욕구는 느낄 수 없었어요.

이동원, 최현석의 눈을 물끄러미 바라본다.

최현석　왜 그렇게 보죠?

이동원　입은 거짓말을 할 수 있어도 눈은 거짓말을 못하거든 요. 변호사님의 눈은 이렇게 말하고 있는 걸요. 난 숙제를 완벽하게 끝냈어. 퍼펙트하게. 그러니까 너도 꼼지락거리지 말고 빨리 진도를 나가봐.

최현석　…

이동원　모든 살인은 상상에서 시작하죠.

최현석　상상이 현실이 되진 않죠.

이동원　누구예요? 상대가?

최현석　없어요. 그런 상상 안 해요.

이동원　사랑하는 사람 있어요? 애인?

최현석　있어요.

이동원　행복해요? 불행한가요? 아니면 아무것도 못 느끼나요?

최현석　행복해요. 그 사람하고 결혼할 겁니다.

이동원　결혼이라? 축하해요.

최현석　이동원 씨가 그렇다고 해서 다른 사람도 모두 그럴 거라고 생각하는 건 일반화의 오류예요. 심각한 오류죠. 난 사랑하는 사람이 있고, 행복해요. 난 상상이든 꿈속 이든 살인이란 건 해본 적 없어요.

이동원 역시 변호사님은 대단해요. 그 자신만만함. 닮고 싶어요. 어떻게 하면 변호사님처럼 될 수 있죠?

최현석 나 자신을 믿는 거죠. 이 세상 어떤 것도 나라는 존재만큼 확실한 건 없어요.

이동원 코지토 에르고 숨(Cogito ergo sum). 나는 생각한다. 고로 존재한다. 이런 건가요?

최현석 글쎄. 비슷한 구석은 있겠죠.

이동원 자신을 믿는다. 멋진 말이에요. 하지만 자신을 믿는다는 말만큼 교만한 말도 없죠. 그런 의미에선 나도 죄인이에요.

최현석 어쨌든 분명한 건 우린 지금 엉뚱한 방향으로 가고 있다는 겁니다. 생각하고 느껴보라구요? 그게 뭔진 모르지만, 나한텐 아무 도움도 안 됐어요. 여전히 난 제자리예요.

이동원 비관적으로 생각하지 말아요. 변호사님은 잘하고 있다니까요. 오늘의 숙제를 낼게요. 상상에서 죽여 봤으니까 이젠 진짜 죽여 봐요. 현실에서.

최현석 그런 농담 재미없어요.

이동원 변호사님은 이번에도 내 숙제를 잘해낼 거예요.

최현석 어떡하면 숙제를 잘할 수 있을까요? 설명 좀 해주시죠.

이동원 왜 날 찾아왔는지 깨달으면 되죠. 왜 날 찾아왔죠?

최현석 그 얘긴 벌써 했을 텐데요.

이동원 진짜 이유를 묻는 거예요. 솔직하게 얘기 안 하면 변호사님을 선택한 걸 후회할지도 몰라요.

최현석 말은 정확히 하죠. 이동원 씨가 날 선택한 게 아니라 내가 이동원 씨를 선택했어요.

이동원 김 변호사님이 돌아가시고 날 찾아온 변호사들이 있었어요. 아마 변호사님이 아는 사람도 있을 거예요. 다들 잘 나가는 사람들이거든요. 근네 그 사람들. 뭔가 부족했어요. 열정이나 사명감 이런 게 없었거든요. 그냥 온 거예요. 권태로워서. 날 보고 싶어서. 꼭 동물원의 원숭이가 된 기분이었어요.

최현석 나 말고 다른 변호사가 있었다구요?

이동원 한, 열두 명쯤 됐을까?

최현석 뜻밖의 얘기네요.

이동원 행정상 문제가 있었을 거예요. 변호사님한테 전달하는 걸 잊어버렸겠죠. 대수롭지 않게.

최현석 …

이동원 난 그 사람들 중에서 변호사님을 골랐어요. 신중에 신중을 기해서.

최현석, 생각의 방으로 들어간다. 최현석, 철제 책상에 앉아 담배를 피운다.

최현석 왜 나였죠? 그 사람들 중에서.

이동원   끌렸어요. 그냥.

최현석   내가 이동원 씨한테 끌린 것처럼.

이동원   바로 그거예요. 운명이죠.

최현석   궁금한데요. 진짜 이유가 뭔지.

이동원   변호사님이 날 찾아온 목적이 마음에 들었어요. 변호사님은 사람들이 부러워하는 돈과 지위, 명예를 갖고 있어요. 부잣집 사람들 이혼 문제나 간통, 음주운전, 이런 저런 사고를 처리해주면서 살아왔죠. 재판에선 한 번도 진 적이 없어요. 의뢰인들은 변호사님을 마이다스의 손이라고 생각하죠. 변호사님이 손을 대면 어떤 사건이든 무죄판결을 받으니까. 하지만 가슴 한 곳은 늘 허전했어요. 권태롭고 짜증이 났죠. 로마귀족들이 그랬던 것처럼 뭔가 화끈하고 재밌는 게 필요했어요. 검투사들의 싸움이나 배고픈 사자한테 사람이 잡아먹히는 볼거리나 그런 거. 그러다 나한테 변호사가 필요하다는 걸 알게 됐어요. 그리고 망설이지 않고 날 찾아왔죠.

최현석   난 프로예요. 권태롭고 심심하다고 변호를 맡진 않아요.

이동원   알아요. 그래서 마음에 든 거예요. 변호사님은 알고 싶어했죠. 진심으로. 왜 내가 열세 명의 사람을 죽였는지. 내 운명에 살인이 허락되는지 알고 싶었단 말이 어떤 의미인지 알고 싶어했어요. 간절하게.

최현석   변호사라면 당연한 거죠. 의뢰인의 살인 동기를 모르고 법정에 선다는 건 한마디로 자살행위니까.

이동원 하지만 변호사님은 재판 때문에 알고 싶었던 게 아니에요.

최현석 …?

이동원 상처는 감춘다고 사라지지 않아요. 자꾸만 긁고 싶어지죠. 덧나는 걸 알면서도. 변호사님이 날 찾아온 건 내가 그 상처를 치유할 수 있다는 걸 알았기 때문이에요. 난 거울이죠. 변호사님의.

최현석 소설을 써보는 건 어때요? 재능이 있어 보이는데.

이동원 글 쓰는 건 포기했어요. 도스토예프스키를 읽은 후로는. 근데 이 사람 사기꾼이에요. 로쟈는 살인을 하고 소냐라는 창녀를 만나죠. 오만했던 자기를 소냐 앞에서 회개해요. 창녀가 살인자를 구원하죠.

최현석 그게 왜 사기라는 거죠?

이동원 세상엔 구원이라는 게 없으니까요.

최현석 그럼, 이건 어때요? 계속 시계나 고치면서 사는 거?

이동원 변호사님이 나 무시하는 거 알아요. 야간 고등학교를 졸업한 게 학력의 전부니까. 하지만 난 변호사님보다 똑똑해요.

최현석 그 똑똑한 머리로 지금까지 뭘 한 거죠?

이동원 여러 가지. 지금은 변호사님을 선택했죠.

최현석 김 변호사님은 이런 얘길 다 들어줬는지 모르겠지만 난 그렇게 인내력이 많지 않아요. 이동원 씨가 입을 다물든가, 내가 나가는 걸로 결정하죠.

이동원 변호사님은 날 벗어나지 못해요.

최현석, 접견실로 들어간다.

최현석 미안하지만 난 돌아갈 겁니다. 내 하찮은 머리로는 이
동원 씨를 도울 수가 없을 것 같네요. 그 똑똑한 머리로
다른 변호인이나 찾아봐요.

이동원 안 나갈 걸요.

최현석 그럴까요?

이동원 변호사님한테 내가 필요하거든요.

최현석 이런 건 목사한테 제대로 배웠군요. 아들은 아버지를
닮죠.

이동원, 목사 이야기가 나오자 표정이 굳어진다.

이동원 무슨 뜻이에요? 그게?

최현석 전지전능한 척, 자기가 진짜 뭐라도 된 것 같다고 착각
하는 거. 자칭 재림예수였던 목사랑 판박이에요.

이동원 아니에요. 나. 목사님 아들.

최현석 그래요? 내가 볼 땐 똑같은데.

이동원 아니라니까. 내 아버지는 다른 사람이에요.

최현석 아, 미안해요. 지금 기억났어요. 이동원 씨 아버지는 의
처증 환자였죠. 그래서 자기 와이프를 죽도록 때리는
게 하루 일과였죠. 5살도 안 된 아들한테도 손찌검을
해대고. 내가 알기로는 이분이 이동원 씨를, 뭐라고 표
현해야 될까, 그래요. 물건 팔 듯이 목사님한테 넘겨버

렸다는데 맞나요?

이동원, 감정을 주체하지 못하는 듯 몸이 파르르 떨린다.

이동원　변호사님은 날 질투하는 거예요. 내가 자기보다 똑똑해
　　　　서. 그게 용납이 안 되는 거죠.

최현석　내가 질투할 사람이 없어서 이동원 씨를 질투하겠습니
　　　　까? 내가 이동원 씨였다면 미쳐도 예전에 미쳤을 거예
　　　　요. 목사가 당신한테 어떤 짓을 했는지 알아요. 이동원
　　　　씨 말이 맞아요. 상처는 감춘다고 감춰지는 게 아니에
　　　　요.

이동원　엘리 엘리 레마 사막타니(Eil, Eil, lema sabachthani).

최현석　이동원 씨가 내 거울이라구요? 아니죠. 미친 목사가 당
　　　　신 거울이에요.

이동원　엘리 엘리 레마 사막타니. 엘리 엘리 레마 사막타니. 나
　　　　의 하느님, 왜 저를 버리시나이까.

이동원, 과거의 기억이 되살아나는 듯 벌벌 떨기 시작한다.
생각의 방으로 목사가 들어온다. 한 손에는 쇠꼬챙이를 들고
있다.
목사의 얼굴은 마치 무덤에서 깨어나 돌아온 것처럼 창백하
다. 그 모습이 더욱 괴기스럽게 보인다.

이동원　저기. 저기 있어요. 목사님. 불에 달궈진 쇠꼬챙이. 저

걸로, 찌를 거예요. 내 가슴을.

이동원, 책상 아래로 기어들어 간다.

이동원　나 좀 도와줘요. 변호사님, 나 좀 살려줘요. 무서워요. 무서워요. 변호사님, 내가 잘못했어요. 제발, 나 좀 도와줘요.

최현석, 그런 이동원을 지켜볼 뿐이다.

이동원　나 악마 아니에요. 아파요. 아파요.

이동원, 비명을 지르기 시작한다. 교도관이 뛰어 들어온다.
책상 아래로 들어간 이동원을 끄집어낸다.
이동원, 갑자기 최현석의 목을 조르기 시작한다.
목사의 모습, 어둠 속으로 사라진다.

이동원　당신이 불렀어. 목사님을 불렀어. 당신이. 죽여 버릴 거야. 당신 죽여 버릴 거야!

교도관, 이동원의 손에 수갑을 채워 끌고나간다.
접견실 밖에서 이동원의 고함소리가 들려온다.
최현석, 생각의 방으로 들어간다. 정적이 흐른다.
잠시 후, 노크소리가 들린다.

이동원, 생각의 방으로 들어온다.

이동원　너무 했어요. 나한텐 상상도 하기 싫은 끔찍한 과거였
　　　　는데, 아무렇지도 않게 말해버리네요. 나한테 너무 한
　　　　거 아니에요?

최현석　넌 이동원이 아니야.

이동원　맞아요. 난 변호사님의 생각이죠. 머릿속의 생각.

최현석　이동원처럼 굴지 마. 그 새끼 얼굴만 생각해도 매스
　　　　꺼워.

이동원　그래도 걱정이에요. 진도도 안 나가고 이렇게 끝나면
　　　　오늘 하루 공친 거잖아요.

최현석　아까 발광하는 거 못 봤어? 이동원이 미친놈이라는 걸
　　　　직접 확인했잖아. 성과야.

이동원　그걸 확인하려고 상처를 들춘 거예요?

최현석　우회적인 전술이지.

이동원　거짓말. 자존심 때문에 그런 거잖아요. 변호사님이 나
　　　　를, 아니 이동원을 선택한 게 아니라 이동원한테 선택
　　　　받았다는 게 기분 나빠시요.

최현석　어느 정도는. 맞아. 일부러 그랬어. 이동원이 학대받
　　　　았던 과거를 떠올리면 어떤 반응을 보일지 알면서.
　　　　일부러.

이동원　그 미친 목사 불에 달궈진 쇠꼬챙이로 찔러 대는 게 취
　　　　미였어요. 이동원 몸에 얼마나 많은 상처가 있는지 알
　　　　잖아요?

최현석   그래서?

이동원   잔인해요.

최현석   내가 잔인해? 그럼, 저 새끼는?

이동원   미쳤잖아요. 이동원은. 정말 그만둘 거예요?

최현석   아니. 내가 왜? 이동원을 만나는 게 재밌어. 스릴이 있
거든. 다른 사람들도 궁금할 걸. 사람을 열세 명이나 죽
인 연쇄살인범이랑 같이 있는 게 어떤 기분일까 하고.
난 이런 짜릿함을 계속 즐기고 싶어.

이동원   …

최현석   이렇게 확실히 밟아줘야 기어오르질 못해. 저런 부류는
내가 잘 알아. 이동원은 내 앞에서 기게 될 거야. 짖으
라면 짖게 될 거구.

이동원   놀라워요. 이동원을 길들이겠다는 생각. 정말 이동원이
달라질까요?

최현석   살고 싶다면 달라질 거야. 자기 목숨이 내 손에 달려있
다는 걸 깨닫게 될 테니까. 먼저 만나고 싶다고 연락을
할 걸.

이동원   이렇게 여유 부리다 지기라도 하면요?

최현석   상관없어. 이동원이 죽든 살든 난 관심 없어.

이동원   타격이 클 텐데요? 변호사님한테.

최현석   적당히 슬픈 얼굴을 하고 기자들을 만나는 거야. 이렇
게 말하는 거지. 이동원의 범죄는 한 개인의 문제가 아
니라 이 사회의 문제이고, 우리의 무관심과 사회적 모
순이 이동원이라는 괴물을 만든 거라고. 이동원이 사형

선고를 받은 것은 우리의 무관심과 사회적 모순을 또다시 저 깊은 망각의 늪에 던져버린 비극적 사건이라고. 그러면서 퇴장하면 돼. 이렇게 인터뷰를 하면 난 졸지에 이 사회의 양심이자 지성인이 되는 거지. 변호사 사무실은 사람들로 북적일 거야. 그리고 너도 내 생각 속에서 사라질 거야. 다른 의뢰인이 등장하겠지. 간통죄로 고소당한 돈 많은 여자나 횡령혐의로 기소당한 사장 같은 사람들.

이동원   진심은 아니죠?

최현석   그래도 이거 하나는 궁금해. 내 운명에 살인이 허락되는지 알고 싶었다. 이게 무슨 뜻인지 말이야.

전화벨이 울린다.

이동원   안 받아요?

최현석   모르는 번호야.

이동원   오전에도 왔잖아요. 중요한 전화 아닐까요? 누군지 변호사님을 애타게 찾는 것 같은데.

최현석, 잠시 망설이다가 전화를 받는다. 최현석, 전화를 받으며 생각의 방을 나가면 무대는 저녁 거리가 된다.

최현석   여보세요?

무대 한쪽에 술집이 보인다.

미망인이 최현석에게 전화를 하고 있다.

미망인   미쳤어.

최현석   여보세요?

미망인   다 미쳤어. 그 새끼 때문에. 이동원. 그 새끼 때문에.

최현석   혹시. 김선규 변호사님 사모님이신가요?

미망인   고마워라. 날 기억해주시네.

최현석   무슨 일이시죠?

미망인   신문에서 봤어요. 그 미친놈 변호를 맡았다구. 당신도
         죽을 거야. 그이처럼.

최현석   취하신 거 같으신데 통화는 다음에 하죠.

미망인   안 돼. 나 안 취했어요.

최현석   회의 중입니다. 용건만 말해주세요.

미망인   변호사는 바빠. 전화만 하면 맨날 회의 중이래. 하긴 죄
         인들이 많으니까 바쁘겠지. 그이 어떻게 죽었는지 알아
         요? 그이 자살했어요.

최현석   (사이) 자살이요?

미망인   그냥 사람들한텐 교통사고라고 했어요. 자살한 게 뭐
         잘난 거라고 동네방네 떠들고 다녀요.

최현석   뜻밖의 얘기네요. (사이) 이유가 뭔지 여쭤봐도 될까요?

미망인   왜 나한테 물어봐요? 궁금해서 전화했는데. 변호사님
         은 알 것 같아서. 이동원을 만나면 다들 미치나요? 알
         았다. 병균 같은 거구나. 같이 있으면 미치는 병에 걸리

는 거야. 그죠?

미망인, 휴대폰을 떨어뜨린다.

최현석 여보세요? 여보세요?
미망인 날 좀 데리러 와요. 응. 날 좀.
최현석 (망설이다가) 거기 어디죠?

최현석, 술집으로 들어간다.
미망인, 몸을 가누지 못하면서도 술을 마신다.
미망인, 잔을 비우고 웨이터에게 내민다.
웨이터, 술을 채워준다.

최현석 많이 취하셨네요.
미망인 기다렸어요. 올 때까지 기다리려고 했어요.
최현석 얼마나 드셨죠?

웨이터, 대답 대신 빈 위스키병을 가리킨다.

최현석 댁에 모셔다 드리죠.
미망인 이렇게 왔는데 한 잔은 해야죠. 여기. 내가 마시는 걸로.

웨이터, 최현석에게 술을 건넨다.

미망인 이유가 뭐예요? 이동원을 변호하는 이유. 응?

최현석 어떤 대답을 듣기 바라시죠?

미망인 솔직한 대답.

최현석 어떤 죄를 지었다고 해도 판결이 나올 때까진 죄인이 아니니까요.

미망인 그이도 똑같이 대답하던데. 정말 변호사란 족속들 대단해요. 아, 알았다. 그래서 그이가 변호사님을 좋아했구나.

최현석 무슨 말씀이죠?

미망인 그 책. 그이가 돌려주라고 유언장에 썼어요. 나한텐 아무 말도 안 남겼는데. 그렇게 애지중지하던 사건 기록도 모두 없애 버리고 그 책 하나만 남겨놓았더라고요. 웃기지 않아요.

최현석 …

미망인 자, 살인마 이동원을 위해 건배!

웨이터, '이동원'이라는 말에 미망인을 쳐다본다.

최현석 신경 쓰지 말아요. 많이 취했어요.

미망인 아니. 나 안 취했어. (술을 마신다) 10년 넘게 산 사람이 낯선 사람처럼 싸늘해지거나 미친 사람처럼 굴면 달리할 게 없더라구요. 그만둬. 변호하는 거. 당신도 죽을 거야. 이동원은 사람을 감염시켜. 병균이니까. 당신은 알고 있어. 내가 무슨 말을 하는지. 그렇지? (혼자 중얼거린다) 그래서 그런 거야. 그이도 감염됐어. 그래서 날 죽이려고 한 거야. 그래서 나를 죽이려고 한 거야. 감염 됐어. 그러면 안 되는데. 그이가…

미망인, 잠든다.
최현석, 미망인의 핸드백을 뒤져본다. 미망인의 주소를 알 수 없다. 잠든 미망인을 난감하게 바라보는 최현석.
미망인을 부축한나. 술십을 나와 짐실로 들어간다. 침실에 미 망인을 눕힌다.
생각의 방에 이동원이 보인다.

이동원 괜한 오해 살 수 있다는 거 알죠?
최현석 그럼 어떡해? 어디 사는지 알 수가 없는데.
이동원 그냥 두고 오든지.
최현석 그래도 선배 와이프잖아.
이동원 알지도 못하는 선배잖아요.
최현석 대충 술 깨면 보낼 거야.
이동원 근데.
최현석 근데 뭐?
이동원 예쁘네요. 이 여자.

최현석, 침실에서 잠시 머뭇거리다 생각의 방으로 들어간다.
최현석, 담배를 피운다.

이동원 음, 정말 다리 하나는 예술이에요. 저 스타킹 묘한 매력이 있어요. 그죠?

최현석 …

이동원 가슴도 적당히 크고. 변호사님은 원래 너무 큰 가슴은 안 좋아하잖아요?

최현석 헛소리하지 마.

이동원 왜 안절부절이죠?

최현석 난 아무렇지도 않아.

이동원 왜 안절부절일까? 난 알죠. 그 이유를.

최현석 …

이동원 원하면 가질 수 있다는 걸 알기 때문이에요. 저 여자를요.

최현석 닥쳐.

이동원 이상하죠. 왜 변호사님한테 전화를 했을까요? 왜 잘 알지도 못하는 남편 후배한테요.

최현석 김 선배 얘길 하려고 했겠지. 자살했다는 건 아무도 몰랐던 사실이니까.

이동원 외로웠겠죠. 변호사님이 외로운 것처럼. 그래서 변호사님은 저 여자를 여기로 데려온 거구요. 아닌가요?

최현석 두말하게 하지 마. 어쩔 수 없었어.

이동원 술집 근처에 호텔도 있던데 거기에 놓고 왔으면 됐잖아요. 변명치고는 궁색해요.

최현석 …

이동원 원하면 가질 수 있어요.

최현석   헛소리 하지 말라고 했지.

이동원   남자가 여자를 원하는 건 지극히 정상이에요. 건강하다는 증거니까. 여자랑 잔 지 얼마나 됐죠? 1년, 2년, 어쩌면 더 됐을지도 모르죠.

최현석   난 이성적인 사람이야. 너랑 이런 대화를 한다는 건 말도 안 돼.

이동원   한번 봐요. 저 여자를. 보는 건 죄가 아니에요.

최현석, 머뭇머뭇 미망인을 본다.

이동원   예쁘지 않아요?

최현석   예쁜 여자야.

이동원   얼마나?

최현석   갖고 싶을 정도로.

이동원   그럼, 가져요.

최현석   …

이동원   난 변호사야.

최현석   변호사는 욕망을 느끼면 안 되나요?

최현석   이건 범죄야.

이동원   여자가 먼저 유혹했어요. 알잖아요? 저 여자는 변호사님의 손길만 기다리고 있다구요. 원하는 걸 가지려면 용기가 필요해요.

최현석, 머뭇거리는데 이동원, 그를 침실로 내보낸다.

최현석   난. 이런 적 없어. 이런 짓은 못해.

이동원   이런 상황이 없었으니까 당연하죠. 저 여자 오늘 가버리면 앞으로 다신 못 볼지도 몰라요. 그럼, 후회할 걸요.

최현석   …

이동원   여기엔 아무도 없어요. 뭐가 무서워요. 어서 움직여요. 애인이 돌아올 시간이 가까워지고 있어요. 서둘러야 돼요. 지금 못 가지면 영원히 못 가져요.

최현석, 미망인 앞으로 간다.

최현석, 미망인의 몸을 더듬더듬 만지기 시작한다. 여자를 갖고 싶은 욕망이 서서히 달아오른다. 점점 과감하게 미망인을 만진다. 옷을 벗긴다. 미망인의 몸 위로 올라간다.

이동원, 그 광경을 음미하듯 지켜본다.

어느 순간, 미망인이 깨어난다.

미망인   뭐야? 지금 뭐 하는 거야! 뭐야!

미망인, 비명을 지르기 시작한다.

당황한 최현석, 미망인의 입을 막는다. 소리가 새어나오지 못하게 베개로 얼굴을 누른다. 몸부림치던 미망인, 조용해진다.

잠시 침묵이 흐른다.

최현석, 죽은 듯 가만히 있는 미망인을 두려운 눈빛으로 바라본다.

최현석　　이 여자. 설마?

최현석, 이동원에게 대답을 구하듯 그를 바라본다.

이동원　　걱정 말아요. 안 죽었어요.
최현석　　어떡하지?
이동원　　카메라부터 찾아요.
최현석　　그건 왜?
이동원　　여자를 찍어야죠.
최현석　　여자를 찍으라니? 그게 무슨 말이야?
이동원　　여자가 깨어나면 뭘 할 것 같아요? 변호사님을 강간죄
　　　　　　로 신고할 거예요. 여자 입을 막으려면 우리도 뭔가 히
　　　　　　든카드를 갖고 있어야죠. 뭐해요. 안 찍고.

최현석, 서랍에서 카메라를 꺼낸다.
미망인의 모습을 찍는다. 카메라 플래시가 터진다.

최현석　　그다음엔?
이동원　　옷을 입혀요. 여자가 입고 있던 대로. 정확하게.

최현석, 미망인에게 옷을 입힌다.

최현석　　기억할까? 여기 온 거? 어쩌면 기억 못 할지도 몰라.
이동원　　술 때문에 맛이 갔으니까 그럴 수도 있죠. 하지만 준비

는 철저히 해야 돼요. 다 됐어요?

최현석, 미망인의 옷차림새를 확인해본다. 고개를 끄덕인다.

이동원 그럼, 지갑, 시계, 반지 귀중품 같은 거 다 빼요.

최현석 그건 뭐 하러?

이동원 지갑은 태워버리고 나머지는 변기에 넣고 내려버려요.
만약 여자가 여기 왔던 걸 기억 못 한다면 우리한텐 행
운이죠. 그래도 자기가 강간을 당했다는 건 알 거예요.
귀중품이 없어진 걸 알면 강도한테 당했다고 생각하겠
죠. 안 그래요?

최현석 그래. 그럴 가능성이 높아.

이동원 잠깐. 사정했어요?

최현석 뭐?

이동원 안에다 사정했냐구요?

최현석 아니. 안 했어.

이동원 그러면 됐어요. 안에다 그랬으면 여자 질 속에 변호사
님 정액이 남아서 문제가 복잡해졌을 거예요.

최현석 이젠 어떡하지?

이동원 밖으로 데려나가야죠. 이러고 있다가 애인이라도 들어
오면 어떡할 거예요?

최현석 어디로 데려갈까?

이동원 이 시간에 아무 데나 갖다 놓으면 진짜 위험할 수 있으
니까, 음, 좋아요. 깨어나면 집에 갈 수 있게 택시정류

장 앞에 두는 거예요.

최현석　괜찮은 생각이야.

최현석, 미망인의 귀중품을 챙긴다. 시계, 반지 등을 갖고 나
간다. 변기의 물 내리는 소리가 들린다. 최현석, 미망인을 부
축하여 침실을 나간다.

최현석이 나가면 무대는 택시정류장이 된다.

최현석, 주위를 둘러본다. 사람이 없는 것을 확인하고 여자를
택시정류장에 내려놓는다. 빠른 걸음으로 침실로 들어온다.
아무 일도 없었던 것처럼 침대를 정리한다. 침실을 둘러보고
생각의 방으로 들어온다.

최현석, 담배를 입에 문다. 이동원이 불을 붙여준다.

이동원　걱정 말아요. 이런 일은 다반사예요. 특히 술 먹은 여자
한텐.

최현석　다반사? 그걸 말이라고 해.

이동원　변호사님의 의뢰인 중에 강간 혐의로 기소됐던 사람은
모두 11명. 변호사님이 모두 무죄로 만들었죠. 여자가
남자와 같이 있을 때 심신상실 상태가 될 정도로 술을
마신다는 것은 잠재적 유혹으로 봐야 한다. 변호사님의
명언이죠.

최현석, 이동원의 멱살을 잡는다.

최현석　너 때문이야. 너 때문에 이런 일이 생겼어.

이동원　서운한데요. 난 최선을 다해서 변호사님을 도왔어요.

최현석　말도 안 돼. 이건 아니야.

이동원　…

최현석　대체 내가 무슨 짓을 한 거야.

이동원　이건 다 이동원 때문이에요. 걔 때문에 스트레스를 받아서 머릿속이 꼬인 거라구요.

최현석　그 여자 어떻게 됐을까?

이동원　지금쯤 깨어나서 택시를 탔을 거예요. 지갑이 없다는 걸 알고 당황하겠지만, 무사히 갈 테니까 걱정 말아요.

최현석　나랑 여기에 온 걸 기억할까?

이동원　기억한다고 해도 무서울 거 없어요. 우리한텐 사진이 있잖아요. 계속 피곤하게 굴면 인터넷에 괜찮은 사진 몇 개 올린다고 하죠.

최현석　여자를 협박하라구?

이동원　강간 혐의로 신문에 대문짝만 하게 나는 것보단 났지 않아요? 정말 인생 끝나고 싶은 건 아니죠?

잠시 침묵.

최현석　나 어때? 괜찮아 보여?

이동원　약간 흥분한 거 빼고는 괜찮아 보여요.

최현석　자고 있는 게 날까, 기다리는 게 날까? 어떤 게 더 자연스럽지?

이동원   아, 변호사님 애인?

최현석   이 시간이면 내가 자고 있어야겠지?

이동원   아, 이런. 깜빡했어요. 변호사님 애인 오늘 안 들어올 거예요. 메모 있던 거 못 봤어요?

최현석   뭐?

이동원   하긴 요즘 변호사님 기억력이 예전 같지 않아요. 다 이동원 때문이에요. 하도 신경을 써서 그런 거죠. 하지만 걱정할 서 없어요. 쉬기만 하면 전처럼 완벽한 기억력을 갖게 될 거예요. 이럴 땐 술이 제일 좋은 방법이에요. 마시고 자는 거죠. 푹 자면 좋아질 거예요. 오늘은 아무 일도 없었어요. 어제와 똑같은 평범한 날이에요.

이동원, 최현석에게 새 담배를 물려주고 불을 붙여준다. 그런 이동원을 물끄러미 바라보는 최현석.

5장

침실. 최현석, 잠을 자고 있다. 침실에는 술병들이 가득하다.
휴대폰이 울린다.
최현석, 그 소리에 몸을 뒤척이며 깨어난다. 머리가 아픈지
신음 소리를 낸다. 휴대폰 벨 소리 멈춘다.
최현석, 자신이 마신 술병들을 본다. 긴 한숨.
두통약을 찾아 먹고 생각의 방으로 들어간다. 담배를 피운다.
다시 휴대폰이 울린다. 전화를 받는다.

최현석 예, 사무장님. (사이) 좀 천천히 얘기해 보세요. 뭐라구
요? (사이) 그럴 리가 없잖아요. 안현욱을 추천한 사람
이 강인주 박사라는 게 말이 돼요? 강인주 박사는 안현
욱이 사이비라고 했어요. 자기는 그 사람을 모른다고
했다구요. 지금 머리가 아파서 통화 못해요. 다시 확인
해 봐요.

최현석, 신경질적으로 전화를 끊는다.
잠시 후, 다시 휴대폰이 울린다. 전화를 받는다.

최현석 또 뭡니까? (사이) 괜찮아요. 지금 가죠. 이동원이 날 만
나고 싶다면 만나줘야죠.

최현석, 전화를 끊는다. 게임에서 이긴 승자처럼 기분이 좋다.

최현석 이동원. 넌 내 앞에서 기는 게 정상이야.

최현석, 가방을 들고 생각의 방을 나가 곧장 접견실로 들어간
다. 잠시 후, 수갑을 찬 이동원이 교도관의 안내를 받으며 들
어온다. 교도관, 이동원을 자리에 앉히고 돌아선다.

최현석 잠깐.
교도관 …?
최현석 수갑 풀어주세요.

교도관, 잠깐 멈칫하다가 이동원의 수갑을 풀고 나간다.
이동원은 어제와 달리 풀이 죽어 있다.

최현석 날 보자고 해서 좀 놀랐어요. 이동원 씨가 다른 변호사
를 구할 줄 알았거든요.

잠시 침묵.

이동원 사과할게요.
최현석 나한테 뭘 사과한다는 거죠?
이동원 무례했어요. 변호사님한테.
최현석 …

이동원	제가 주제넘게 굴었어요. 죄송해요.
최현석	…
이동원	받아주실 건가요, 제 사과?
최현석	진심이라면요.

최현석, 이동원의 변화를 확인하려는 듯 그를 본다.

이동원	진심이에요.
최현석	그렇다면 받아들이죠.

잠시 침묵.

최현석	나도 어제는 좀 지나쳤다는 거 인정해요.
이동원	괜찮아요.
최현석	…
이동원	술을 많이 마셨나 봐요. 여기까지 술 냄새가 나요. 변호사님답지 않네요.
최현석	나도 술 좋아해요. 여자도 좋아하고. 숨 쉴 구멍은 있어야죠.
이동원	나 때문에 힘든가요?
최현석	쉽진 않죠. 여러모로.
이동원	변호사님이 안 올지도 모른다고 생각했어요. 와주셔서 고마워요.
최현석	재판을 사일 남기고 도망갈 정도로 무책임하지는 않

아요.

이동원 전 그냥 변호사님을 돕고 싶었어요.

최현석 정확히 표현하면 이동원 씨 자신을 돕는 거죠.

이동원 알아요. 내가 어떡하면 될까요?

최현석 정말 날 돕겠다면 내 앞에선 더 솔직해져야 돼요. 내가 이동원 씨보다 문학이나 철학, 심리학, 어쩌면 내 전공인 법에 대해서도 지식이 부족할 수 있다는 거 인정해요. 그걸 인정한다는 거 나한텐 쉽지 않은 일이에요. 내 의뢰인이 나보다 더 똑똑할지도 모른다는 사실을 깨달을 때 어떤 느낌을 받는지 알아요?

이동원 …

최현석 내 머리 꼭대기에서 날 갖고 논다는 느낌을 받아요. 정말 더러운 기분이죠.

이동원 변호사님을 존경해요. 진심으로.

최현석 그런 말도 나한텐 비아냥으로 들려요.

이동원 죄송해요. 그런 의미가 아닌데.

최현석 이동원 씨, 살고 싶어요?

이동원 예.

최현석 진짜로 살고 싶어요?

이동원 살고 싶어요.

최현석 정말 살고 싶다면 헛소리는 집어치워요. 운명에 살인이 허락되는지 알고 싶었다구요? 이건 진실이 아니에요. 사람들한테 무시 받고, 여자들은 거들떠보지도 않고, 싸이코 목사와 교회에서 살아야 했던 삶이 싫었다구.

세상이 원망스러웠다고, 그래서 분노 때문에 화가 나서 살인을 했다구. 어때요? 이게 더 그럴 듯하지 않아요?

잠시 침묵.

이동원 인간의 뇌 속엔 230억 개의 뉴런 세포가 있어요. 우리가 살고 있는 은하계의 별들보다도 많은 숫자죠. 사람의 기억은 여기에 저장돼요. 이런 기억 용량을 가진 컴퓨터를 만들려면 앞으로도 수십 년, 어쩌면 영원히 불가능할지도 몰라요. 인간은 한 번 기억한 것은 절대 잊지 않아요. 단지 그 기억을 제대로 끄집어 내지 못해서 기억을 못한다고 믿을 뿐이죠. 기억은 사라지지 않아요.

최현석 계속 해봐요. 재밌어요.

이동원, 입을 다문다.

최현석 아무리 그럴듯하게 떠들어봐야 이런 말들은 진실을 감추는 연막일 뿐이에요.

이동원 변호사님은 의미가 없다고 생각하시나요. 우리 대화를.

최현석 아뇨. 의미가 있죠. 내 생각대로 이동원 씨는 철저히 자기 자신을 감추고 있다는 걸 확인할 수 있으니까요.

이동원 감추는 거 없어요.

최현석 자기 목숨 갖고 장난치는 건 어떤 의미일까? 일종의 자기 학대?

이동원 생각했었어요. 생각하고 또 생각했어요. 내 운명에 살인이 허락되어 있을까? 내가 사람을 죽일 수 있을까? 묻고 또 물었죠. 정말, 정말, 나도 살인을 할 수 있을까? 뉴스에 나온 강도처럼, 책에서 본 연쇄살인범처럼, 나도 할 수 있을까? 하지만 어떻게? 난 그런 사람들하곤 영혼이 다른데. 내 영혼은 순결해요. 하느님이 늘 함께 해주시거든요. 하느님의 목소리를 들은 적도 있어요. 내가 나쁜 짓을 하려고 하면 하느님은 멈추라고 하시죠. 속삭여요. 나한테. 시험해보고 싶었어요. 내 운명을. 내 순결한 영혼을. 버스를 타고 돌아다녔어요. 옷 속엔 도끼가 있었죠. 어디로 갈진 정하지 않았어요. 버스가 어디선가 정차를 했고 난 내렸어요. 주위를 둘러봤죠. 한 남자가 보였어요. 아저씨. 그 사람 뒤를 쫓아갔어요. 할 수 있을까? 생각했죠. 도끼를 꺼내 그 사람 머리를 내리쳤어요. 비명을 질렀어요. 난 다시 내리쳤어요. 그 사람 머리는 피범벅이었어요. 머리는 반으로 갈라졌고, 뇌수가 흘러나왔어요. 그쯤 되면 포기할 만도 할 것 같은데 도망을 갔어요. 난 쫓아가서 다시 그 사람 머리를 내리찍었어요. 내 첫 살인이었죠. 난 울었어요. 죄책감 때문에 운 게 아니에요. 아무것도 없다는 사실을 깨달았기 때문에 운 거예요. 기대했어요. 믿었어요. 내가 도끼를 들 때 내 손을 붙잡을 무언가가 있을 거라구. 하느님의 목소리도, 나의 나쁜 마음을 벌할 벼락도, 아무것도 없었어요. 신호등도 없고 차선도 없고 중앙선도 횡단보도도 없어요. 아무것도 없는 도로만 내 앞에 있어요.

최현석   이 얘기의 결론은 뭐죠?

이동원   변호사님도 나처럼 살인자가 될 수 있다는 뜻이죠.

최현석   글쎄. 과연 그럴까요? 살인은 아무나 할 수 있는 게 아니에요. 사람을 죽이는 건 특별한 사람만 할 수 있어요.

이동원   어떤 사람이죠?

최현석   세상을 증오하고 자신을 증오하고, 파괴하고 싶은 사람.

이동원   그런가요? 그럼, 변호사님은요?

최현석   적당한 증오와 적당한 분노, 적당한 파괴 욕구를 갖고 있죠. 이런 걸 표현할 땐 평범하다고 하죠.

이동원   어떻게 그걸 확신하죠?

최현석   내가 전에 이런 말 안 했나요? 나는 나 자신을 믿는다구.

이동원   그 믿음이 배신을 하면요?

최현석   그땐 정신 병원에 가서 치료를 받아야겠죠. 정신분열이 분명할 테니까요. 이러고 있으니까 점점 궁금해지는데요.

이동원   …

최현석   이동원 씨가 오늘은 나한테 어떤 숙제를 낼지 말이죠.

이동원   없어요. 아무것도.

최현석   아무것도 없다. 서운하네요.

잠시 침묵.

이동원	변호사님 말이 맞아요. 난 평범하지 않아요.
최현석	뭐죠? 그건?
이동원	…
최현석	고백인가요?
이동원	그래요. 변호사님이 맞아요.
최현석	이동원 씨의 고백이 법정에선 유리하게 작용할 거예요. 이동원 씨의 목숨을 구할 겁니다.
이동원	평범하지 않다는 게 불행 중 다행이네요.
최현석	그런 셈이죠.
이동원	난 뭘 해야 되죠?
최현석	이동원 씨가 할 일은 없어요. 모든 건 내 손에 달렸죠. 이제부턴 변론 준비 때문에 바쁠 거예요.
이동원	변호사님은 운명을 믿으세요?
최현석	아뇨. 난 운명 같은 건 안 믿어요.
이동원	그럼, 우린 자유로운 건가요? 아무것도 없는 도로 위에 서 있는 것처럼.
최현석	글쎄. 텅 빈 도로는 아니겠죠. 정말 아무것도 없다면 교통사고가 밥 먹듯이 일어날 테니까요. 그래서 신호등이나 차선이 필요한 거구.
이동원	그게 무슨 말이죠?
최현석	완전한 자유는 없다는 뜻이죠. 우리 삶에도, 우리가 사는 이 세상에도 신호등은 있으니까요.
이동원	…
최현석	더 할 말 있나요?

이동원, 고개를 젓는다.

최현석   그럼, 여기서 끝내죠. 교도관.

교도관, 들어온다.

이동원   엣 코그노스세티스 베리타템 엣 베리타스 리베라비트
        보스(et cognoscetis veritatem et veritas liberabit vos).
        진리를 알지니 진리가 너희를 자유케 하리라.

최현석   …?

이동원   선물이에요. 변호사님한테 드리는. 여기선 드릴 게 이
        거밖에 없네요.

최현석   …

이동원   데려다 주세요.

교도관, 이동원을 데리고 나간다.
최현석, 이동원이 남긴 말을 대수롭지 않게 곱씹어 본다.
접견실로, 검사가 들어온다.

검사   안녕하세요?

최현석   이렇게 자주 보는 거 반갑지 않은데. 무슨 일이지?

검사   현지영 씨 아시죠?

최현석   누구?

검사   김선규 선배 와이프요. 어제 두 사람 같이 술을 마셨다

고 하던데 맞나요?

최현석 내가 왜 이 질문에 대답을 해야 되지?

검사 웨이터 말로는 두 사람 같이 나갔다고 하던데 맞습니까? 현지영 씨가 많이 취했었다고 하던데.

최현석 요즘 검사는 변호사 스토킹 하는 게 업무인가?

검사 현지영 씨가 죽었습니다.

최현석 뭐?

검사 택시를 잡으려다 뺑소니를 당한 것 같아요.

최현석, 사탕을 깨물어 먹는다.

검사 지갑이나 시계 같은 귀중품이 없어진 걸 봐서 단순 뺑소니가 아닐 수도 있죠. 그런 의미에서 보면 선배님도 잠재적 용의자 중 한 명이죠.

최현석 …!

검사 너무 기분 나빠 하지 마세요. 아시잖아요. 우리 업계가 그런 거.

최현석, 다시 사탕을 깨물어 먹는다.

검사 정말 희한하죠. 현지영 씨 우리 측 증인이었어요. 근데 목사와 현지영, 둘 다 죽었습니다. 선배님이 변호를 맡고 나서 일주일 사이에요. 이런 생각까지 들더라구요. 혹시 이동원이 누군가를 사주라도 한 게 아닐까?

최현석   재밌네.

검사   그러세요? 전 진지한데.

최현석   그런 진지함으로 재판 준비나 제대로 하는 게 어떨까? 이 검사 재판 승률이 거의 로또 수준이라던데. 그래서 승진은 고사하고 자리나 지킬 수나 있겠어? 줄도 없고 빽도 없고 안하무인에 거기다 능력까지 없는 평검사. 편안한 노후를 준비하려면 지금부터 다른 일자리를 구해보는 게 어떨까?

검사   제 걱정을 이렇게 해주시는지 몰랐네요. 그래서 저도 선배님을 좀 본받아 보려구요. 변호사 사무실 정도는 껌 값으로 생각하는 돈줄 한 번 잡아볼까 싶어서요. 학교 앞 그 술집. 정말 인기 많았죠. 그 마담 꽤 많은 사람들하고 스토리가 있었는데. 누가 알았겠어요. 선배님이 낚을지. 근데 제가 뭐라고 불러야 되죠? 형수?

최현석   이 검사.

검사   불행 중 다행이라고 해야 되나. 현지영 씨 병원으로 후송될 때까지 의식이 있었어요. 그래서 본인 확인이 가능했죠. 안 그랬으면 증인이 실종됐다고 난리가 났을 겁니다. 아무 대책 없이 재판을 시작할 뻔했죠.

최현석   내가 볼 땐 그 여자 증인으로 별 도움이 안 될 것 같던데. 이거 하나는 얘기해주지. 횡설수설하는 여자 술 깨우려고 엄청 고생했다는 거. 더 할 말 있나?

검사   저보단 경찰이 많을 겁니다. 선배님한테 궁금한 게 많을 테니까요. 이 재판 갈수록 재밌어지는 것 같아요. 그래서 이번엔 제대로 걸어볼 생각입니다.

최현석 얼마든지. 그래 봐야 백전백패겠지만.

검사 아, 마담한테 이 말 좀 전해주세요. 학교 때 외상 했던 거 정말 미안했다고. 그리고 웬만하면 담배 피시죠. 그 렇게 사탕 먹어대다가는 남아나는 이빨이 없겠습니다.

검사, 나간다.
최현석, 급히 생각의 방으로 들어간다.
담배를 잡은 손이 파르르 떨린다.
생각의 방으로 이동원이 들어온다.

이동원 유감이네요. 그런 미인이 죽다니. 다리 하나는 정말 예 술이었는데.

최현석, 갑자기 이동원에게 주먹을 날린다.
이동원, 뒤로 나자빠진다.

최현석 니가 죽였어. 너 때문에 그 여자가 죽었어. 니가 택시 정류장에 데려가라고 해서 그래서 갔는데, 거기서 죽었 어. 거기서!

이동원 왜 이렇게 오버를 하는지 이해가 안 돼요. 뭐 잘못 먹었 어요?

최현석 이 개새끼!

최현석, 다시 이동원에게 주먹을 날린다.

이동원, 가뿐히 주먹을 피한다.

이동원 정말 변호사님답지 않아요. 생각해봐요. 냉정하게. 나는 누구죠?

최현석 너는. 너는.

최현석, 말을 잇지 못한다.

이동원 내가 이동원인가요? 말해봐요?

최현석 …

이동원 난 변호사님의 생각이에요. 바로 변호사님 자신이죠. 여자를 택시정류장에 데려가겠다고 생각한 건 바로 변호사님이라구요. 왜 거길 선택했을까요?

최현석 내가 왜 거길 선택했지?

이동원 술 취한 사람들이 가장 자연스럽게 사고가 날 수 있는 데가 바로 거기니까. 술 먹고 도로에 넘어지면 그냥 황천길이죠.

최현석 웃기지 마. 내가 그 여자 죽으라고. 일부러 거기에 데려갔단 거야?

이동원 그럼, 아닌가요? 변호사님은 그 여자가 죽기를 바랬어요. 자존심이 상했거든요. 마음에 드는 여자였는데 분명히 먼저 유혹을 한 것도 맞는데. 근데 여자는 변호사님을 거부했어요. 졸지에 강간범이 될 상황이었죠. 여자 하나 마음대로 갖지 못하는 자신한테 화가 났구요.

최현석   아니야. 난 그런 생각한 적 없어. 그냥 당황했을 뿐이야. 여자가 갑자기 소리를 질러서 놀랐을 뿐이야.

이동원   이젠 변호사님 정액이 나온다고 해도 걱정 없어요. 쌍방합의로 잔 것뿐이니까. 거기다 검사 쪽 증인이라는데 일석이조죠. 죽은 여자가 무슨 말을 하겠어요.

최현석   …

이동원   그런 표정 짓지 말아요. 살다 보면 있을 수 있는 일이에요. 그래도 좋았죠? 잠든 여자가 깨지 않게 조심스럽게 몸을 만지고 하나씩 옷을 벗기는 느낌. 짜릿하고 긴장감이 넘치죠.

이동원, 캐비닛을 열고 사진을 꺼낸다.
어제 찍은 미망인의 사진이다.

이동원   이렇게 멋진 소장품도 갖게 되고. 진짜 볼만한데요. 어때요? 한 번 더 해볼까요?

최현석   무슨 소리야?

이동원   사무실 근처에 편의점 있잖아요? 그 여자 어때요? 그 여자도 다리 하나는 예술이던데. 이번엔 더 잘할 수 있을 거예요. 모든 건 처음이 어려울 뿐이에요. 난 준비됐어요.

최현석, 두려움에 뒤로 물러선다.

최현석　넌 내가 아니야.

이동원　…

최현석　여자 말이 맞아. 이동원은 병균처럼 사람을 감염시킨다
　　　　고 했어. 나도 감염된 거야. 넌 내가 아니야.

이동원　그럼, 난 누구죠?

최현석　넌 이동원이야. 이동원 맞아. 내가 아니야. 아니야.

이동원, 최현석을 재미있다는 듯 바라본다.

이동원　나랑 내기할래요? 내가 누구인지?

이동원, 최현석의 습관대로 담배를 피운다.
최현석을 향해 길게 담배 연기를 내뱉는다.

이동원　그러고 보니까. 우리 변호사님 완전 범죄 하셨네?

이동원, 최현석에게 장난스러운 웃음을 짓는다.
최현석, 그런 그를 두려운 시선으로 바라본다.

6장

공원. 벤치에 강 박사가 앉아있다. 비둘기한테 모이를 주고 있다. 잠시 후, 최현석이 들어온다. 최현석은 어딘가 불안해 보인다.

강 박사 날씨가 흐린 게 이러다 또 비가 오겠죠? 앞으로 폭우가 끝나려면 며칠은 더 있어야 한다는데.

최현석 왜 거짓말을 하셨죠?

강 박사 …

최현석 안현욱 박사를 추천한 건 박사님이에요. 안상욱 의원은 자기 형이 이동원 정신감정을 했다는 사실도 모르더군요.

강 박사 맞습니다. 내가 추천했어요. 나하고는 삼십 년 지기 친구입니다. 대학에서 같이 연구를 했고, 그 친구 딸이 결혼할 땐 내가 주례를 보기도 했죠.

최현석 그런데 왜죠?

강 박사 친구가 잘못된 선택을 하려고 한다면 변호사님도 나 같은 반응을 보였을 겁니다. 설득하고, 그러다 안 되면 포기하게 되고, 증오하게 되죠. 지극히 자연스러운 심리 변화죠.

최현석 이 대답이 내 질문과 무슨 관계인지 모르겠군요.

강 박사　합의를 보는데 시간이 좀 걸렸다는 의미죠. 안박사는 내 감정 결과에 동의할 겁니다. 법정에서 감정 결과를 뒤집으면 시끄럽기는 하겠지만요. 변호사님한테 절대적으로 유리해질 겁니다.

최현석　그럼, 두 사람이 모여서 감정 결과를 뒤집기로 합의를 봤단 말입니까?

강 박사　그래요. 우리 결론은 이동원이 미쳤다는 겁니다. 반드시 그래야만 하구.

최현석　그 얘긴 이동원이 정상이란 뜻인가요?

강 박사　굳이 아는 사실을 이 자리에서 다시 확인할 필요가 있을까요?

최현석　…

강 박사　이동원을 만났던 사람들의 대부분이 공통된 경험을 했어요. 생각 속에 내가 아닌 다른 무언가가 있다는 느낌을 갖게 된 거죠.

최현석, 사탕을 깨물어 먹는다.

강 박사　변호사님은 어때요? 그런 경험이 있나요?

최현석　무슨 말씀인지 잘 모르겠네요.

강 박사　김선규 변호사가 나한테 이런 말을 했었습니다. 이동원이 자기 머릿속에 들어왔다구요. 쫓아낼 수가 없다고. 자신이 미치고 있다고요. 자기 아내를 죽일 뻔했다고 하더군요.

최현석, 다시 사탕을 깨물어 먹는다.

강 박사, 그런 최현석을 바라본다.

최현석 왜 그렇게 보시죠?

강 박사 내 생각엔 변호사님도 나한테 뭔가 묻고 싶어하는 것 같아서요. 아닙니까?

최현석 (망설이다가) 아까 하셨던 얘기 그게 가능한 겁니까? 다른 사람이 내 머릿속으로 들어온다는 거 말이에요.

강 박사 빙의라고 들어봤습니까? 무속에선 귀신 들린 현상을 말하죠. 무속인들은 내 말에 동의하지 않겠지만 내가 아닌 다른 존재가 내 안에 들어온다는 건 정신의학적으로 불가능한 일입니다.

최현석 만약에. 내 머릿속에 다른 사람이 있다면. 예로 들면.

강 박사 이동원 같은 사람?

잠시 침묵.

최현석 그래요. 그렇다면 그건 대체 뭐죠?

강 박사 김변호사도 나한테 이 질문을 했어요. 내 대답은 지금도 똑같습니다. 그건 이동원이 아니라 최 변호사 자신입니다. 자신이 몰랐던 나의 다른 모습이죠.

최현석 …

강 박사 우리한테는 자신이 알지 못하는 또 다른 내가 있습니다. 하지만 그건 악마가 아니에요. 그냥 나일뿐이죠.

최현석   그걸 통제할 방법이 있나요? 치료할 수 있는 방법이 있습니까?

강 박사, 대답 대신 웃음을 짓는다.

최현석   그건 무슨 의미죠?

강 박사   미안해요. 이 질문은 무의미합니다.

최현석   …?

강 박사   통제하고 치료한다는 개념은 나와 그걸 분리할 때 가능한 겁니다. 나와 또 다른 나는 결코 분리할 수 없어요. 그 자체가 하나이고 바로 나 자신인데 무슨 방법으로 통제하고 치료하겠습니까? 우리 안엔 누구나 이동원이 있어요. 나한테도 변호사님한테도. 저기 걸어가는 사람, 저기 버스를 운전하는 사람한테도. 모든 사람에게 있죠. 그런데 우리가 미쳤나요? 변호사님은 어때요? 자기가 미쳤다고 생각해요?

최현석   …

강 박사   우린 정상이에요. 우리 안의 괴물은 우리 죄가 아닙니다. 존재 자체의 문제죠. 정상인 내가 어머니를 겁탈하고, 정상인 내가 아무 관계없는 사람을 지하철로 떠밀고, 정상인 내가 무슨 짓이든 할 수 있다는 걸 깨닫게 된다면. 내가 살아있는 것이 내 자신의 공포가 된다면 우린 어떻게 될까요?

최현석   그래서 이동원이 미쳐야만 되는 겁니까?

강 박사   맞아요. 이동원이 미쳤다고 결론이 날 때 사람들은 안도할 겁니다. 우린 절대 이동원이 될 수 없다고 믿을 테니까요. 헛된 믿음이라고 해도 이게 없이는 우리도 이 사회도 지속할 수 없어요.

최현석   법정에서 감정 결과가 조작됐다는 사실이 밝혀지면 어떤 일이 벌어질까요?

강 박사   아무 일도 일어나지 않을 겁니다. 이동원이 우리와 다른 사람이라고 믿고 싶은 건 판사도 마찬가지일 테니까요.

강 박사, 일어선다.

최현석   이동원을 만났던 사람들이 공통된 경험을 했다고 하셨죠? 박사님은요?

강 박사   나도 마찬가지입니다. 내 머릿속에도 이동원이 있어요.

최현석   그럼, 박사님 결론은 뭐죠?

강 박사   받아들이는 거죠. 내 자신이니까요.

최현석   …

강 박사   변호사님의 건승을 기원합니다. 법정에서 뵙죠.

강 박사, 나간다. 최현석, 강 박사의 뒷모습을 말없이 바라본다. 벤치, 어둠 속에 잠긴다.

최현석, 생각의 방으로 들어간다.

잠시 후, 휴대폰이 울린다.

최현석　예. 얘기하세요. (사이) 교회 화재 건이요? 아, 그거. 이젠. (사이) 화재 원인이 폭죽이었다구요? 폭죽 때문에 화재가 난 게 분명합니까? (사이) 수고했어요.

　　　　최현석, 전화를 끊는다. 무엇인가를 생각하기 시작한다.
　　　　잠시 정적이 흐른다. 손목시계의 초침소리가 들려온다.
　　　　생각에 집중하면 할수록 그에 비례해 초침소리도 점점 커진다. 어느 순간, 자신이 초침소리에 둘러싸여 있다는 사실을 깨닫는다. 소리의 근원을 찾는다. 손목시계이다.
　　　　최현석, 두려운 시선으로 손목시계를 본다.
　　　　초침 소리, 서서히 잦아진다.
　　　　접견실에 이동원의 모습이 보인다.

이동원　롤렉스는 좋은 시계예요.

최현석　…

이동원　그건 데이트저스트 모델이에요. 시곗줄은 쥐베리 18금으로 되어 있어요. 세계 최초로 날짜 표시 기능을 집어넣은 손목시계죠. 아버님이 물려주신 건가요?

최현석　…

이동원　데이트저스트 초기 모델이거든요. 64년도에 만든 시계니까 그럴 거라 생각했어요. (사이) 시계를 보면 주인을 알 수 있어요. 좋은 분이셨을 거예요. 변호사 아버님이요.

최현석　…

이동원   뭘 하시던 분이죠?

잠시 침묵.

최현석   (자신에게 대답한다) 우리 아버지는 목사님이셨어. 가난
했지만 정직했던 분이야.

이동원   친했어요? 아버지랑?

최현석   친해지고 싶었지. 아버지가 어려웠어. 나름대로는 노력
했는데 그다지 성과는 안 좋았어. 내가 철이 들기 전에
돌아가신 게 안타까워.

이동원   어떻게 돌아가셨죠? 아버님은.

잠시 침묵.

최현석   불을 끄시려다 돌아가셨어. 교회에 불이 났어. (사이) 폭
죽 때문에. 동네 애들이 폭죽놀이를 했는데 불꽃이 교
회 지붕에 떨어졌어. 지붕은 순식간에 타버렸어. 페인
트를 칠한다고 지붕에 올려놨는데 하필 불꽃이 거기에
떨어진 것야.

이동원   많이 슬펐나요?

최현석   아버지니까.

이동원   죄책감이 들었나요. 아버지가 죽어서.

최현석, 어느 순간 이것이 과거의 기억이 아니라는 것을 깨달

는다. 이동원을 쳐다본다.

최현석　이동원은 나한테 이런 질문 안 했어. 이건 내 기억이 아니야.

이동원　그냥 한번 기억력 테스트해 본 거예요. 좋았어요. 기억력이 급속도로 회복되고 있다는 증거니까.

최현석　장난질 그만해.

이동원　무섭게 왜 그래요?

최현석　니가 나타나면서 내 머릿속은 뒤죽박죽 엉망이 됐어.

이동원　…

최현석　넌 도대체 뭐야? 정체가 뭐냐구?

이동원　어떤 대답을 듣고 싶어요?

최현석　난 인정할 수 없어. 인정 못 해. 넌 내가 아니야. 어딘가엔 전문가가 있을 거야. 무당이든 최면술사든 상관없어. 날 도울 수만 있으면 누구든 괜찮아.

이동원　변호사님답지 않아요. 변호사님은 언제나 자신만만했어요. 무슨 도움이 필요하다는 건지 이해가 안 되네요.

이동원, 생각의 방으로 들어온다.

이동원　내가 그렇게 싫어요? 아직도 나 때문에 여자가 죽었다고 생각하는 건 아니죠?

최현석　널 지울 거야. 너만 없으면 예전의 나로 돌아갈 수 있어.

이동원, 여유롭게 담배를 피운다.

이동원   그럴까요? 정말?

최현석   널 죽여 버릴 거야.

이동원   설마, 자살할 생각은 아니죠?

최현석   …!

이동원   그 똑똑한 머리로 그걸 모른다면 거짓말이죠. 그러니까 진짜 내가 없어지길 바란다면 지금이라도 욕실에 가서 면도칼로 손목을 그어요. 깊숙이. 그게 싫으면 수면제를 과다 복용하는 방법도 있어요. 목을 매는 방법도 있고. 뜻이 있으면 길이 있어요. 죽으려고 작정하면 못 죽을 이유가 없죠.

최현석   내가 못 할 것 같애? 널 없앨 수만 있다면 뭐든지 할 거야.

이동원, 최현석의 말에 겁을 먹는다.

최현석   왜? 무서워? 죽는다니까 무서워?

이동원, 두려운 표정으로 뒤로 물러선다. 그러다 어느 순간 웃음을 터트린다.

최현석   왜 웃어? 왜 웃는 거야!

이동원   (웃음을 멈추고) 재밌어. 너.

최현석, 이동원의 갑작스러운 말투에 놀란다.

이동원   자살할 용기가 있었으면 예전에 죽었겠지. 왜 사람들이 널 싫어하는지 알 것 같아. 이기적이고 못됐어. 자기만 알고 배려를 몰라. 평화롭게 살려면 공존하는 법을 배워야 돼. 나와 같이 사는 법. 넌 아직도 멀었어. 그렇게 살면 안 돼. 반성해.

최현석   …

이동원   그래서 내가 대신 살아줄까 생각 중이야.

최현석   뭐?

이동원   여긴 답답해. 나도 저 바깥으로 나가고 싶어. 너처럼. 니 머릿속이 아니라 현실의 세상으로 가고 싶어.

최현석   헛소리하지 마.

이동원   우리 내기할까? 되는지 안 되는지.

이동원, 접견실로 들어간다.

이동원   교도관!

교도관이 들어온다.
이동원, 아무 말도 하지 않는다.

교도관   무슨 일이시죠?

이동원   내가 누구죠?

교도관 예?

이동원 내가 누구냐구요? 여기 있는 나 말이에요.

교도관 변호사님, 지금 뭐하시는 겁니까?

이동원 내가 변호사인가요? 혹시 내 이름도 알아요?

교도관 최현석 변호사님, 지금 장난하시는 겁니까!

이동원 미안해요. 가끔 내가 누군지 잊어버릴 때가 있어서요. 나가보세요.

교도관, 어이가 없다는 표정으로 나간다.

이동원 저 사람 너 때문에 화났어. 다음에 만나면 조심해야 될 거야.

이동원, 접견실을 나가면 무대는 변호사 사무실이 된다. 사무장, 급히 뛰어온다. 앞으로 진행되는 장면에서 이동원과 최현석이 나누는 대화는 다른 사람들에게는 들리지 않는다.

사무장 부르셨습니까?

이동원 여기서 일한 지 얼마나 되셨죠? 나랑 일한 지요?

사무장 10년 됐습니다. 변호사님이 처음 사무실 열었을 때부터 있었으니까요.

이동원 그럼, 나에 대해서 잘 아시겠네요. 날 어떻게 생각하세요?

사무장 (당황하여) 물론 변호사님이야 대단하신 분이죠. 재판에서 한 번도 진 적이 없잖아요.

이동원 (최현석에게) 거짓말이야. 이 사람은 널 대단하다고 생각하지 않아. 얍삽한 잔머리의 천재라고 생각하지. 왜인지 알아? 넌 한 번도 약자의 편에 선 적이 없기 때문이야. 넌 돈에 팔려 다니는 삼류 변호사일 뿐이야. 하지만 나는 달라. (사무장에게) 그렇게 생각해 주신다니 고맙네요. 앞으론 간통이나 횡령, 음주운전 같은 사건은 받지마세요. 그리고 이혼 소송도요.

사무장 이게 변호사님 전문 분야인데요. 농담이시죠?

이동원 아뇨. 앞으로 이런 사건은 변호하지 않을 겁니다. 전문 분야를 한 번 바꾸어보려구요. 사무장님이 관심 있는 사건들 있죠. 재판 끝나면 가져와 보세요. 한 번 검토해보죠.

사무장 아시겠지만 그런 사건은 수입이 안 됩니다. 그렇게 해선 사무실 운영이.

이동원 법은 돈보다 상위개념이에요. 정의에 대한 문제니까요. (최현석에게) 이거 알아? 이 사람 너 때문에 위장에 구멍난 거. 니가 하도 스트레스를 줘서 그래. 하지만 난 다르지. (사무장에게) 아, 또 하나. 앞으로 내가 호출하면 뛰어오지 말고 인터폰으로 얘기하세요. 인터폰은 그러라고 있는 거니까.

사무장 알겠습니다.

이동원 재판 때문에 많이 피곤하시겠지만 조금만 더 힘내죠. 사무장님은 나한텐 꼭 필요한 분입니다. 아실 거라 생각해요. 이상입니다.

사무장, 이동원에게 인사를 하고 돌아선다. 무엇인가에 홀린 듯한 표정으로 힐끗 이동원을 보고는 나간다.

이동원　어때? 너보다 훨씬 인간적이고 법조인답지 않아?
최현석　장난 그만 해. 여기로 돌아와. 당장.
이동원　맞아. 이건 장난이야. 진짜 내가 가고 싶은 데는 따로 있어. 바로 저기.

침실이 보인다. 샤워를 하는 소리가 들린다.
이동원, 침실로 들어간다.

최현석　경고하는데 들어가지 마.
이동원　그건 뭐지? 질투? 아니면 두려움?
최현석　그 여자는 안 돼.

곧이어 샤워를 끝낸 마담이 나온다.
이동원, 마담의 몸을 훑어본다.

이동원　너보다 연상인데 아직은 괜찮은 것 같애. 이 정도면 봐 줄 만하지.
최현석　너 뭐 하려는 거야. 당장 나와!

이동원, 뒤에서 마담을 끌어안는다.

마담 자기 왜 이래?

이동원 미안해.

최현석 내가 뭐가 미안해. 저 여자한테. 난 미안한 거 없어.

마담 자기 술 먹었어? 냄새는 안 나는데.

이동원 미안해.

마담 (이동원에게서 빠져나오며) 왜 그래? 무슨 일이야?

이동원 돌아가고 싶어. 예전의 우리로.

마담 난 언제나 제자리에 있었어. 떠난 건 자기야.

이동원 돌아올래. 당신한테.

마담 무슨 말이 하고 싶어서 그래?

이동원 당신을 사랑한다는 말.

최현석 저 여잔 더러워.

이동원 더러운 건 너야.

최현석 …!

이동원 내가 무슨 말을 할까, 이 여자한테.

최현석 난 하고 싶은 말 없어.

이동원 캐비닛을 잘 찾아봐. 구석구석. 모든 건 그 안에 있으 니까.

최현석, 캐비닛을 열고 이동원이 말한 그 무엇인가를 찾기 시 작한다.

이동원	난 당신한테 말했어. 우리는 영원히 사랑할 거라고. 우리 비밀이 우리를 더 강하게 할 거라고.
마담	오늘 정말 이상한 날이네. 이 얘길 자기 입에서 들을 거라고는 상상도 못했는데.
이동원	대답해 줘. 지금도 내가 했던 말 믿어?
마담	난 한 번도 의심한 적 없어. 자기가 한 말. 우리는 영원히 사랑하고, 우리 비밀이 우리를 더 강하게 할 거라는 거.
이동원	다 기억해? 내가 했던 고백.
마담	(사이) 그래. 기억해. 모두 다.
이동원	난 당신한테 고백했어. 내 죄를.
최현석	무슨 헛소리를 하는 거야? 내가 무슨 죄를 고백해. 저 여자한테 무슨 죄를 졌다구!

최현석, 거친 손길로 캐비닛 안에 들어 있는 것들을 끄집어내기 시작한다. 서류, 책, 학창 시절의 가방, 교과서, 장난감, 그의 기억 속에 남아있는 온갖 것들이 나온다.

이동원	당신은 울고 있는 나를 안아줬어.
최현석	난 그런 적 없어!
이동원	당신이 날 안아주며 말했어. 그 사람은 죗값을 받은 거라고. 지옥은 그런 사람을 위해 만든 거라고. 정말 지옥에 갔을 거라고.
최현석	내 기억엔 없는 일이야. 이건 내 기억이 아니야.

마담   맞아. 그 사람 지옥에 갔을 거야. 지옥은 그런 사람을 위해 만든 거야. 자기가 나한테 고백했을 때 조금은 무서웠지만 정말 기뻤어. 내가 자기의 비밀을 아는, 세상에서 유일한 사람이 됐으니까. 그건 정말 사랑하지 않으면 할 수 없는 고백이었어. 그래서 난 당신을 미워할 수 없어. 아무리 내 가슴을 아프게 한다고 해도. 당신이 날 얼마나 사랑했는지 아니까.

최현석   니네들 무슨 헛소리 하는 거야? 닥쳐. 닥치라구.

최현석이 끄집어 낸 물건들로 생각의 방은 난장판이 된다. 캐비닛에서는 끊임없이 물건들이 나온다. 마치 마법의 상자 같다.

이동원   당신은 내겐 어머니와 같은 존재였어. 그런데 내 고백이 모든 걸 망쳐버렸어.

최현석   난 고백 같은 거 한 적 없어. 거짓말이야.

이동원   인정할 수가 없었어. 당신이 내 죄를 알고 있다는 걸. 그래서 당신을 미워하기 시작했어. 당신은 내가 무슨 짓을 했는지 알고 있으니까. 내 마음에서 지우고 가슴에서 지웠어. 그래야 내 죄도 없어질 것 같았어. 내가 저지른 죄도, 당신한테 했던 고백도 난 기억하지 못한다고, 나는 아무것도 기억하지 못한다고 내 자신을 속였어. 그래야 숨을 쉴 수 있었으니까.

최현석   그만해!

이동원   하지만 상처는 감춘다고 사라지지 않아. 내 머릿속엔 모든 게 남아있어. 감추고 지워도 절대 사라지지 않은 기억들이.

마담   상처는 치료할 수 있어. 사랑 앞에선 다 사라져 버릴 거야.

최현석, 캐비닛의 마지막 칸을 연다. 그 안에는 불에 타다 만 성경책과 십자가가 들어 있다. 최현석, 그것들을 꺼내 본다.

이동원   난 살인자야. 내가 아버지를 죽였어.

마담   자긴 스스로를 지킨 거야.

최현석, 이동원의 말에 순간 멍해진다.

이동원   아버지가 못 나오게 문을 잠궜어. 지붕에 올라가서 폭 죽에 불을 붙였어. 페인트통에 집어넣었어.

마담   자기가 안 했으면 그 사람이 자기를 죽였을 거야.

최현석   무슨 얘길 히는 거야? 그건 이동원 얘기야. 내 얘기가 아니야.

이동원   아버지는 다 보고 있었어. 내가 문을 잠그고 불을 지르 는 걸.

마담   죽어 마땅한 사람이야. 그런 사람은 아버지가 아니야.

최현석   닥쳐. 내 얘기가 아니라니까!

이동원   허수아비가 불에 타는 것처럼 아버지가 불에 탔어. 내 이름을 불렀어. 아버지가. 살려달라고. 난 귀를 막았어.

마담　　자기가 한 게 아니야. 하늘이 한 거야. 천벌을 받은 거야.

마담, 이동원을 끌어안는다.

이동원　알고 있었어. 기억하고 있었어. 모두 다.

이동원, 마담의 품에서 흐느낀다.

이동원　지우고 싶어도 지울 수가 없어. 내 머릿속에서 지울 수가 없어.

바로 그 순간, 생각의 방문이 거칠게 열리며 목사가 들어온다. 한 손에는 벌겋게 달구어진 쇠꼬챙이를 들고 있다. 무대에는 생각의 방만이 보인다.

목사　　이리 와. 세상 사람 다 버려도 너만큼은 날 버리면 안 돼.

최현석　당신 누구야? 난 당신 몰라.

목사　　이 벌만 받으면 너도 아빠처럼 구원받을 수 있어. 그러니까 아빠한테 와. 얼른.

최현석　난 잘못한 거 없어요. 내가 왜 벌을 받아? 왜?

목사　　니 몸의 더러운 피, 니 에미의 피를 이 불의 권능으로 태워버리지 않으면 넌 악마가 될 거야.

최현석, 서서히 과거의 기억 속으로 들어간다.

최현석   아니에요. 나 착한 아이야. 선생님이 상도 줬어.

목사   아픔은 죄가 사라지는 증거야. 아플수록 죄는 사라지고 영혼은 순결해져. 아빠랑 천국 가야지.

최현석   아버지, 무서워요. 나 아프게 하지 말아요. 아버지도 아팠다고 했잖아. 할아버지한테 벌 받아서 아팠다고 했잖아.

목사   나도 악마가 될 뻔했어. 그런데 할아버지가 날 구원하셨지. 권능의 채찍으로 내 몸에서 악마의 피를 뽑아내셨어. 단 한 방울도 남기지 않고 모두 다.

최현석   할아버지는 미친 사람이었어요.

목사   악마야, 물러가라!

최현석   엄마는 착한 사람이에요. 아버지가 엄마를 때렸어. 죽도록 때렸어.

목사   주여, 악마가 역사 하지 못하게 하소서! 우리를 악에서 구하소서!

최현석   아버지는 치료를 받아야 돼요. 기도한다고 낫는 거 아니에요. 의처증은 병이래요.

목사   아빠를 슬프게 하지 마. 널 위해 기도하는 아빠를 사랑해야지. 너도 언젠가 니 아들을 주님 앞에 인도해야 돼. 할아버지가 그랬고, 내가 그랬듯, 너도.

최현석   아빠도 미쳤고, 할아버지도 미쳤어. 다 미쳤어. 엄마가 죽은 건 아버지 때문이에요. 아버지가 엄마를 죽인 거야. 나는 악마 아니야. 아버지가 악마예요. 당신이 사탄이야!

목사의 쇠꼬챙이가 최현석의 가슴을 찌른다. 최현석, 찢어지는 비명을 지른다. 고통에 못 이겨 울먹인다.

최현석   아파요. 아파. 아파서 죽을 것 같애. 아파.

목사   아픔은 영혼을 맑게 하는 약과 같은 거야.

최현석   거짓말. 왜 날 미워해. 왜 날 아프게 해. 내가 뭘 잘못했다구. 당신 아들로 태어난 게 죄야. 내가 태어나고 싶다고 했어? 난 아무 죄 없어. 나보고 천사라고 했었잖아. 천사라구. 나 미워하지 마. 나 아프게 하지 마.

목사   아들아, 내 아들아. 사랑한다. 아빠는 너를 사랑해. 알지?

최현석   여긴 교회가 아니야. 정신병원이야. 이 미친 교회 다 태워버릴 거야.

목사   주의 권능으로 마귀 사탄을 내치소서. 이 아이를 구원하소서. 주여!

최현석   죽여버릴 거야. 당신 죽여버릴 거야!

최현석, 목사를 밀친다. 바닥에 떨어져 있는 손도끼를 줍는다. 최현석, 손도끼로 목사를 내리친다. 순간, 생각의 방은 기억 속의 교회가 불에 타듯 붉게 물든다.

최현석   죽어. 죽어. 죽어버려. 죽어!

미친 듯이 손도끼로 목사를 내리치는 최현석. 그가 도끼로 목사를 내리칠 때마다 불길이 거세진다. 생각의 방이 붉게 타오른다. 어느 순간, 정적이 흐른다. 손도끼를 든 최현석, 일어선다. 서서히 안정을 찾는다. 모든 숙제를 끝낸 것처럼 홀가분한 얼굴이다.
침실의 모습이 밝아진다. 이동원, 마담의 품에 안겨 있다.

마담   자기는 죄인이 아니야. 그 사람이 악마였어. 내가 자기였어도 그랬을 거야.

최현석   그래, 난 죄인이 아니야.

마담   아무도 몰라. 자기와 나, 둘밖엔.

최현석   그래. 우리 둘밖엔 몰라.

마담   다 끝난 일이야. 이젠 잊어. 영원히 잊어버려.

최현석   그래. 다 끝난 일이야. (사이) 당신을 보면 소냐가 생각나. 죄와 벌에 나오는 여자야. 라스콜리니코프는 그 여자 앞에 무릎을 꿇고 구원을 간청하지. 살인에 대해 고백하고 자신의 교만함을 회개해. 결국 로쟈의 영혼은 구원을 받아. 그 여자는 로쟈의 고통과 두려움을 안아줬어. 당신이 날 안아준 것처럼. 당신은 나의 소냐야.

마담   난 언제나 자기 옆에 있을 거야. 아무것도 걱정하지 마. 자기를 위해서라면 뭐든지 할 거야. 그게 뭐든.

최현석   그런데 이동원이 그러더군. 도스토예프스키는 사기꾼이라구. 내가 물었지. 왜 그렇게 생각하냐구. 이렇게 말했어. 이 세상에 구원이란 존재하지 않는다구. 당신은 어떻게 생각해?

마담 자기는 날 구원했어. 난 자기를 구원하고. 사랑보다 더 값진 구원은 없어. 누구도 우릴 갈라놓을 수 없어.

최현석 그럴까? 이젠 알 것 같애. 신호등도 없고 차선도 없고 중앙선도 횡단보도도 없어. 내 앞에는 아무것도 없는 도로만 있어. 난 어떡해야 되지? 모든 걸 알아 버렸는데. 아무것도 없는 도로 위에 내가 서 있어. 이동원은 자신의 운명에 살인이 허락되는지 알고 싶었다고 했어. 하지만 나라면 이렇게 말할 거야. 나는 내 운명에 살인이 허락되는 걸 알고 있었다고.

마담 …

최현석 당신 알아? 소냐는 그냥 창녀일 뿐이야. 더러운 창녀.

최현석, 고개를 돌려 마담을 본다. 이동원, 마담의 목을 조르기 시작한다. 마담, 몸부림을 친다. 그럴수록 더욱 강하게 목을 조르는 이동원. 잠시 후, 마담의 몸이 늘어진다. 최현석, 고개를 돌리면 침실은 다시 어둠 속에 잠긴다.

최현석, 담배를 피우며 아버지의 죽음과 연관된 물건들을 하나씩 줍는다. 최현석, 그것들을 캐비닛 맨 아래 칸에 집어넣는다. 캐비닛 서랍을 닫고 자물쇠를 채운다. 최현석, 편안해 보이는 얼굴로 물끄러미 정면을 바라본다.

에필로그

법원 앞. 햇살이 화창하다. 최현석이 웃으며 나온다. 그의 얼굴은 여태껏 본 적이 없을 만큼 매우 유쾌해 보인다. 기자들이 최현석에게 몰려간다. 무대는 최현석을 부르는 기자들의 소리로 시끌벅적해진다. 걸음을 옮기던 최현석, 기자들을 여유롭게 맞이한다.

기자1 판결에 대해서 어떻게 생각하십니까?

최현석 난 재판부의 판결을 존중합니다. 이동원이 심신미약자라는 사실을 재판부가 인정했고, 그에 합당한 선고를 내렸다고 봅니다.

기자1 이번 판결이 이와 유사한 강력범죄를 유발할지도 모른다는 우려가 있는데요.

최현석 정신이상자한테 사형이 아니라 무기징역을 선고했다고 유사 범죄가 일어날 거라고 우려하는 건 한마디로 넌센스입니다.

기자2 사람을 열세 명이나 죽이고도 심신미약이란 이유로 무기징역을 받은 건 일반적인 법 감정에 어긋난다고 보시지 않습니까?

최현석 법 감정보다 중요한 건 법의 형평성입니다.

기자3 이동원의 정신감정 결과가 막판에 번복된 건 모종의 합의라는 얘기가 있습니다. 변호사님이 개입됐다는 소문도 있는데 본인은 어떻게 생각하십니까?

최현석 난 일개 변호사일 뿐입니다. 이동원 정신감정을 하신 분들은 이 나라 최고의 정신의학자들이죠. 그분들이 내린 결과에 내가 무슨 수로 개입하겠습니까? 그 질문은 못들은 걸로 하죠.

최현석, 걸음을 옮긴다. 기자들, 그의 이름을 부르며 뒤따른다. 한쪽에서 검사가 들어온다. 인터뷰를 하는 최현석을 냉소적인 표정으로 지켜본다.

기자4 만약 변호사님 가족이 이동원한테 피살됐다면 이런 판결을 수용할 수 있겠습니까? 변호사가 아니라 한 인간으로서 이 사건을 어떻게 생각하시는지 궁금합니다.

최현석, 걸음을 멈춘다. 기자4를 돌아본다.

최현석 그 질문엔 이렇게 대답하죠. 내 자신이 이동원이 아니고 또한 이동원이 될 수 없다는 사실에 감사하고 안도한다구요.

기자1 저기 판사 나왔어요! 판사!

기자들, 몰려나간다. 검사가 다가온다.

검사 정말 대단하십니다. 선배님 의뢰인은 강간이든 살인이든 걸리기만 하면 정신이상자가 되네요. 그 비결이 뭘까요?

최현석 간단해. 의뢰인의 머릿속을 들여다보면 되거든.

검사 지금도 이동원이 미쳤다고 생각하십니까?

최현석 이 검사는 아직도 이동원과 목사의 죽음이 연관이 있다고 생각하나?

검사 물론입니다.

최현석 왜지?

검사 그런 사람이 자살을 한다는 게 이해가 안 되거든요.

최현석 내 생각엔 말이야. 목사를 죽인 건 목사 자신일 거야. 혹시 이런 생각해 봤나? 내 머릿속에 내가 아닌 다른 무엇이 있다는 생각? 목사도 이런 생각을 했을지 모르지.

검사 …?

최현석, 가방에서 책을 꺼내 검사에게 건넨다. 죄와 벌이다.

최현석 머리도 식힐 겸 한 번 읽어봐. 죄와 벌, 나름 재미있는 소설이야.

검사 이걸 왜 저한테 주시죠?

최현석 그냥 우리의 전통이라고 생각해. 선배가 후배한테 주는 마음의 선물이라구.

최현석, 돌아서는데,

검사　　아직 제 질문엔 대답하지 않으셨습니다.

최현석　아, 그 질문. 이 검사가 직접 생각하고 느껴봐. 이것보다 단순명료한 답이 있을까?

검사　　…?

최현석　다음에 또 보지.

최현석, 생각의 방으로 들어간다. 철제 책상에 걸터앉는다. 최현석의 독백은 소설의 한 구절을 읽는 것처럼 건조하다.

최현석　잠에 든 사람을 본 적이 있는가? 그의 눈꺼풀은 무겁게 닫혀 있고 몸은 긴장을 풀기 위해 뒤척이며 몸속의 내장과 혈관은 하루의 버거움을 잊으려는 듯 긴장을 푼다. 그가 잠 속으로 빠져드는 순간 그의 앞에 펼쳐진 꿈은 현실이 되며 진실이 된다. 만약 자신이 꿈을 꾸고 있다는 사실을 깨닫게 된다면 그는 보게 될 것이다. 그 꿈이 얼마나 허망하며 위선과 거짓으로 가득한지를 말이다. 그는 말할 것이다. 나와 이동원이 말한 것처럼. 이 세상은 신호등도 차선도 없으며 중앙선도 횡단보도도 없는, 그저 막막한 도로일 뿐이라고. 또한 그는 이렇게 덧붙여 말할 것이다. 이 막막한 도로에 신호등을 세우고 차선을 그려놓으며 마치 시계의 톱니바퀴처럼 모든 것이 질서정연하게 움직이고 통제되고 있다고 믿게 하는 그것은. 때로는 신념, 정의, 양심, 진리, 도덕, 윤리, 사랑, 운명이라고 불리는 것들은 그저 우리의 꿈이 만든 허상이라고 말이다. 아무것도 없는 그 위에서는 오직 나만이 있다. 나와 내 마음 속의 또 다른 나만 있을 뿐이다. 그러나 이 세상의 참모습을 보게 됐다고 두려워할 필요는 없다. 진실로 그러하다. 꿈을 꾸고 있다는 사실을 자각하는 순간 그는 깨닫는다. 아무것도 없는 텅 빈 도로에서 자신이 가지 못할 곳은 그 어디에도 없다는 사실을 말이다. 그것은 무한한 자유이며 꿈을 꾸는 것을 자각한 자만이 갖는 특권이다. 엣 코그노스세 티스 베리타템 엣 베리타스 리베라비트 보스. 진리를 알지니 진리가 너희를 자유케 하리라. 마치 이동원이 내게 준 선물처럼 말이다.

최현석, 생각의 방을 나간다. 그가 나가면 무대는 거리가 된다. 행인들이 바쁜 걸음으로 그의 앞을 지나간다. 최현석, 주위를 찬찬히 둘러본다. 어디로 가야할지 길을 찾고 있는 것 같다.

그의 입가에 묘한 웃음이 떠오른다. 그의 손이 옷 안으로 들어간다. 무엇인가 묵직한 것을 천천히 잡기 시작한다. 옷 안에 있는 것이 삐죽 밖으로 나온다. 얼핏 보이는 그것은 마치 손도끼처럼 보인다. 무대 어둠 속에 잠긴다. 막 내린다.

한국 희곡 명작선 29

루시드 드림

초판 1쇄 인쇄일   2019년 1월 16일
초판 1쇄 발행일   2019년 1월 25일

지 은 이   차근호
만 든 이   이정옥
만 든 곳   평민사
　　　　　서울시 은평구 수색로 340 [202호]
　　　　　전화: (02) 375-8571(代)
　　　　　팩스: (02) 375-8573
　　　　　http://blog.naver.com/pyung1976
　　　　　이메일 pyung1976@naver.com
등록번호   제251-2015-000102호
　정 가　 7,000원

※ 이 책은 사단법인 한국극작가협회가 한국문화예술위
　 2019년 제2회 극작엑스포 지원금을 받아 출간하였습니다.